CHRISTINE BECKER-SCHMIDT

Tod
geschwiegen

Wenn Zeit keine Wunden heilt

Christine Becker-Schmidt ist eine Künstlerin der Vielseitigkeit. Sie lebt in einem ständigen Wechselspiel zwischen den Welten der Bühne, der Literatur und der Musik. Ihre Inszenierungen zeichnen sich durch eine besondere Mischung aus tiefgründigen Spiegelbildern der Gesellschaft, historischen Fakten, großartiger Musik und visuell beeindruckenden Momenten aus. Sie hat die Gabe, komplexe Geschichten und menschliche Emotionen auf die Bühne zu bringen und damit ihre Laien-Schauspieler*innen und ihren Chor zu unvergesslichen Darstellungen zu führen.

Aber auch ihre Kriminalromane, die oft die düsteren Seiten des menschlichen Charakters erforschen, ziehen ihre Leser*innen in den Bann. Sie lädt mit ihren Geschichten dazu ein, die Welt aus verschiedenen Perspektiven zu betrachten und die Geheimnisse des menschlichen Daseins in all seinen Facetten zu erforschen.

Egal, ob auf der Bühne, im Chor oder in den Seiten ihrer Romane - Christine Becker-Schmidt bleibt eine unermüdliche Entdeckerin der menschlichen Seele.

Bisher erschienen:

Tod geschwiegen	(ISBN:9783752640519)
Tod gelacht	(ISBN:9783748184843)
Tod geglaubt	(ISBN:9783769327960)

Christine Becker-Schmidt

Tod geschwiegen

Wenn Zeit keine Wunden heilt

Ein Fall für Herbst und Winter

Kriminalroman

Bibliografische Information der Deutschen Nationalbibliothek:
Die Deutsche Nationalbibliothek verzeichnet diese Publikation
in der Deutschen Nationalbibliografie; detaillierte bibliografische Daten sind im Internet über dnb.dnb.de abrufbar

© 2020 Christine Schmidt

Verlag: BoD · Books on Demand GmbH, In de Tarpen 42,

22848 Norderstedt, bod@bod.de

Druck: Libri Plureos GmbH, Friedensallee 273, 22763 Hamburg

ISBN: 978-3-7526-4051-9

Wer mit Ungeheuern kämpft, mag zusehen, dass er nicht selbst zum Ungeheuer wird.

Friedrich Nietzsche

Herbst 1999

Sie stand schon eine ganze Weile stumm im Wohnzimmer und ließ den Raum auf sich wirken. Staub lag auf den alten Möbeln. Das kleine Arbeiterhaus in der Siedlung am Rand der Stadt war vor mehreren Monaten endgültig verlassen worden. Obwohl sie schon dreiundzwanzig Jahre nicht mehr dort gewesen war, hatte sie noch ganz genau gewusst, wo ihr Vater den Reserveschlüssel draußen im Schuppen versteckte. Menschen ändern Gewohnheiten nicht und deshalb hatte sie darauf vertraut, dass sie ganz sicher ins Haus gelangen würde. Dämmerlicht fiel durch die Fenster. Die schweren Vorhänge an den hölzernen Gardinenstangen waren zugezogen. Sie hatte erwartet, dass sie das Haus als Bedrohung empfinden würde und war überrascht, dass es sie eher beruhigte. Vorsichtig war sie zuvor durch alle Räume gegangen. Der Geruch im Haus erinnerte sie an ihre Kindheit. Es hatte sich fast nichts verändert. An den Wänden waren immer noch Tapeten mit Blumenmustern. Die Teppiche auf dem Boden waren ebenso bunt und passten farblich nicht dazu. Wo einst ihr Zimmer gewesen war, hatte sich ihr Vater ein kleines Büro eingerichtet. Ihre Möbel gab es nicht mehr. Der massige Wohnzimmerschrank aus Eiche stand jedoch da wie eh und je. Auch die Polstergarnitur war noch dieselbe, nur vollkommen abgenutzt. Ihr Vater hatte offensichtlich nach dem Alkoholtod seiner Frau keinen Sinn mehr darin gesehen, sich selbst einen neuen Lebensraum zu schaffen oder sogar ein anderes Leben anzufangen. Nun war auch er tot, nur vier Jahre nach ihr. Ein Herzinfarkt hatte ihn zuhause ereilt. Erst nach drei Tagen hatte ihr Bruder ihn gefunden. Das hatte sogar in der Zeitung gestanden. Alles wirkte friedlich und doch wusste sie, dass sich in diesem Haus Dramen abgespielt hatten. Ihre Mutter war über Monate langsam an Leberzirrhose gestorben. Ihre Geschwister, Tobias und Franziska, hatten sie bis zuletzt gemeinsam mit dem Vater zuhause gepflegt. Sie selbst war nicht dort gewesen, hatte sich nicht verabschiedet, geschweige denn versöhnt.

Sie überlegte. Hätte ich das tun sollen? Hätte es mir geholfen?

Es war müßig darüber nachzudenken. Die Chance war vertan. Sie hatte ja gewusst, dass ihre Mutter im Sterben lag und sie hatte sich so entschieden. Aber mit dem plötzlichen Tod ihres Vaters hatte sie nicht gerechnet.

Bedauern ist jetzt auch zu spät, dachte sie resigniert. Sie betrachtete die Fotos an der Wand. Viele Bilder ihrer jüngeren Geschwister von der Kinderzeit bis zum Erwachsenwerden hingen dort. Von ihrer Schwester Dele und ihr selbst war keines dabei.

»Sie haben uns gelöscht, Dele«, flüsterte sie in die Stille hinein. »Sie haben versucht, ein neues Leben zu beginnen und die Vergangenheit zu vergessen. Wie sinnlos, bleibt sie doch immer ein Teil von uns. Was wir heute sind, sind wir gestern geworden.«

Sie suchte nach den alten Fotoalben und fand sie im Bücherregal des Eichenschrankes. Eines griff sie heraus und schaute hinein. Da waren tatsächlich Kinderbilder ihrer kleinen Schwester Dele und sogar noch einige von ihr. Sie betrachtete die Fotos. Bilder im Garten auf der Schaukel, am Strand im Sand mit Förmchen, auf Rollern mit Freunden, zwei kleine Mädchen, die fröhlich in die Kamera lächeln. Sie klappte das Album zu und stellte es zurück. Neben den Fotoalben standen die Tagebücher ihrer Mutter. Sie wusste noch, dass ihre Mutter stolz darauf gewesen war, in jungen Jahren regelmäßig Tagebuch geführt zu haben. Das hatte sie ihr in besseren Zeiten erzählt. Sie holte eines der großen schwarzen Notizbücher aus dem Regal und blätterte darin. Am Datum einer willkürlich geöffneten Seite sah sie, dass es wohl das letzte Tagebuch war. Es war nur noch zur Hälfte beschrieben worden. Sie setzte sich auf den Schaukelsessel, in dem sie als Kind schon immer abends ferngesehen hatte und begann den letzten Eintrag zu lesen. Ihre Mutter hatte mit einem Füller geschrieben und an einigen Stellen war die Schrift von Tränen verwischt.

Emden, den 30. August 1967

† Unsere geliebte Dele ist für immer von uns gegangen! Sie hat uns verlassen und war so gerne bei uns. Warum? Warum? Ich kann es heute, nach fast drei Wochen, immer noch nicht fassen. Es tut so weh! Unser Glück, unser ganzer Sonnenschein ist tot! Einfach aus unserer Mitte gerissen. So aus dem Leben in den Tod. Über fünf Jahre lang haben wir dieses große Glück bei uns gehabt. Und nun diese entsetzliche Lücke! Überall fehlt sie mir! Sie war so lieb, so anhänglich. Sie wich nicht von meiner Seite und ist jetzt so weit weg. Für immer! So ein Kind, mein Kind. Oh mein Gott, warum? Es ist doch so sinnlos, so unfassbar. So grausam kann das Leben doch nicht sein. So bitter! Meine Dele. Ich habe dich doch so geliebt! Und so lässt du mich allein. Das wolltest du nie. Du wolltest mich nie weinen sehen und lachtest selbst so gerne. Ich höre dein Lachen noch immer. Ich höre dich nach mir rufen, ich höre dich singen. Draußen sehe ich dich fröhlich mit deinen Freunden spielen. So übermütig, so lebenslustig, im ganzen Sinne des Wortes. Und doch habe ich dich verloren. Warum denn nur? Dein lustiger Mund ist stumm und deine fröhlichen Augen sind tot. Ach Dele, es schmerzt, es schmerzt so entsetzlich. Noch heute kommen jeden Tag Blumen für dich, ein Meer von Blumen waren die letzten Grüße der Menschen, die dich gerne hatten. Keiner konnte sich deinem Charme entziehen. Mein kleiner Liebling! Wenn ich doch noch einmal mit dir reden könnte, dich in meine Arme nehmen und

*ganz fest an mich drücken könnte, so wie ich es immer
tat, wenn du Kummer hattest oder Schmerzen.*

Sie klappte das Buch zu und wischte sich einige Tränen vom Gesicht. »Sie ist zerbrochen an dem Tag, so,
wie auch ich zerbrochen bin.«

S

pätsommer 2005

Erwin Paulsen hatte ihr die Tür selbst geöffnet. Sie hatte gewusst, dass er an diesem Wochenende alleine zuhause sein würde. Es erschien ihr ein geeigneter Zeitpunkt zu sein, um ihren Plan in die Tat umzusetzen. Er war nicht erstaunt gewesen, sie zu sehen. Fast so, als hätte er sie erwartet. Sie liefen gemeinsam durch die lange Diele des Gulfhofs zum Wohnzimmer. Im Fernseher lief ein Film. Sie erkannte sofort *die Kinder aus der Krachmacherstraße* und vermutete, dass es eine DVD war, die er abspielen ließ. Sie wusste, warum er diesen Film anschaute. Heute würde sie endlich den Schicksalsweg verlassen, der sie beide verband, das hatte sie entschieden. Auf dem Tisch hatte er für sich Tee und Gebäck serviert. Er bat sie, sich zu setzen und bot ihr ebenfalls Tee an, den sie nicht ablehnte. Aus der Küche holte er ein zweites Gedeck, schenkte ihr ein und plauderte dabei freundlich. Er erzählte etwas über die Familie und sein neuestes Oldtimer Modell. Einen Karmann-Ghia, den er günstig erworben habe. Dann sprach er über sein Herzleiden und stellte, für alle Fälle, ein Fläschchen mit Digitalis auf den Tisch. Das Medikament, das er dagegen einnahm.

Wollte er ihr etwa einen Hinweis geben?

Er fragte, weshalb sie ihn besuchen würde. Sie überlegte, was sie sagen könne und schwieg beharrlich.

Zum Reden war sie nicht hergekommen. Jetzt stand er auf und bewegte sich auf sie zu. Sie schreckte zurück, auf keinen Fall dürfte er sie berühren. Er verstand ihre Bewegung, drehte sich um und ging in die Küche, um heißes Wasser für die Teekanne nachzuholen.

Gab er ihr eine Gelegenheit? Sie starrte auf das Fläschchen. Es wäre so einfach. Ein Rest Tee in seiner Tasse, die er gleich wieder füllen würde. Sie zitterte als sie die Hand nach dem Medikament ausstreckte. Es gelang ihr nicht, das Fläschchen zu nehmen. Sie hatte Skrupel. Feigling, dachte sie und stand hektisch auf. Sie rief ihm zu, dass sie kurz ins Bad ginge und betrat den Rückzugsort. Das kalte Wasser aus dem goldenen Hahn kühlte ihre heißen Wangen. Sie blickte in den Wandspiegel und sah die tiefen Ränder unter ihren Augen. Folgen des Schlafmangels der letzten Tage. Fast hätte sie es getan. Enttäuscht über ihr Versagen lief sie einige Minuten später zurück ins Wohnzimmer. Er lag inzwischen lang ausgestreckt mit geschlossenen Augen auf dem Sofa und erklärte ihr, es ginge ihm nicht so gut, sie müsse nun wieder gehen. Sie fragte, ob sie denn wenigstens noch austrinken dürfe und lief eilig zum Tisch. Sie klapperte mit ihrer Tasse, nahm aber gleichzeitig das Fläschchen mit dem Medikament und füllte viele Tropfen in seine inzwischen wieder volle Teetasse. Er hatte sich nicht gerührt und lag unverändert. Mechanisch steckte sie das Fläschchen in ihre

Manteltasche. Sie überlegte kurz und verpackte vorsichtshalber auch ihr eigenes Teegedeck in Servietten in ihre Handtasche. Eilig verließ sie ohne Abschied das Haus. Ihre Hände zitterten immer noch und sie schlotterte am ganzen Körper. Wie in Trance setzte sie sich in ihr Auto.

Würde er jetzt wirklich sterben?

Herbst 2005

Das Großraum-Abteil der zweiten Klasse im Zug von Oldenburg nach Emden war fast leer. Nur vereinzelt saßen Berufspendler auf den unbequemen Sitzen und lasen die Tageszeitung. Morgens um sieben Uhr waren noch keine Touristen in den Zügen zu finden. Die Kommissarin, Josefine Herbst und ihre Assistentin, Jule Janssen, fuhren zu einem Außeneinsatz. Seit sie sich im Zug gegenübersaßen, hatten sie, bis auf den Gruß zum Guten Morgen, wenig miteinander gesprochen. Beide waren noch müde. Josefine Herbst betrachtete ihre Mitarbeiterin, während diese auf dem kleinen Tischchen ein Käsebrötchen und eine Thermoskanne mit Kaffee für das Frühstück abstellte. Sie mochte Jule Janssen, obwohl ihre ältere Kollegin eher wortkarg und wenig mitteilsam war. Wie immer war Jule Janssen komplett in grau und in keiner Weise modisch gekleidet. Die dazu passenden grauen Haare waren seit jeher kurz geschnitten und nicht gestylt. Jule Janssen bevorzugte unscheinbar und unauffällig aufzutreten. Josefine Herbst hatte sich an diesem Morgen gegen die heißgeliebte Jeans mit legerem Pulli entschieden und trug den klassischen Hosenanzug in dunkelblau. Sie wusste: das sah seriös aus. Die Farbe passte zudem sehr gut zu ihren grünen Augen und rotblonden Haaren. Sie war nervös. Bisher hatte sie in Emden noch

15

nicht gearbeitet und würde deshalb auf vollkommen unbekannte Kollegen treffen. Diese wären ihr aber unterstellt und sie konnte nicht einschätzen, wie sie ihr begegnen würden. Eine ledige Frau im Alter von fünfunddreißig Jahren und schon Chefin, würde das akzeptiert? Ihre Position war schon außergewöhnlich und nur ihrem zähen Ehrgeiz zu verdanken.

»Was meinen Sie?«, fragte sie ihre Assistentin. »Mache ich auf Respektsperson oder bleibe ich kollegiale Teamplayerin?«

Gleich nachdem Josefine Herbst die Frage ausgesprochen hatte, wurde ihr klar, dass sie damit eine Unsicherheit offenbarte. Keine gute Ausgangsposition für eine Führungskraft.

»Wissen Sie, ich möchte bei den fremden Kollegen in Emden auf jeden Fall vermeiden, dass es Schwierigkeiten im Umgang gibt.« Sie versuchte, eine unverfängliche Erklärung abzugeben.

»Ich würde authentisch bleiben«, antwortete Jule Janssen nüchtern. »Sich zu verstellen, klappt doch eh meistens nicht.«

»Ja, Sie haben recht«, bedankte sich Josefine Herbst und entschied, in Emden zwar als freundliche, hilfesuchende Kollegin aufzutreten, aber trotzdem die erforderliche Distanz zu wahren, um den Respekt nicht zu gefährden. Vor allem aber, gut zu überlegen, was sie aussprechen dürfe und noch wichtiger, was nicht.

Jule Janssen hatte ihr Frühstück beendet und holte ein Buch aus ihrem Rucksack. Josefine Herbst verstand den Wink, sie schaute aus dem Fenster und ließ die nächste Stunde die grünen Wiesen und die bereits herbstlich gefärbten Bäume an sich vorüberziehen.

Als Josefine Herbst und Jule Janssen in Emden aus dem Zug stiegen pfiff ihnen ein heftiger Wind mit feinen Tröpfchen von Nieselregen um die Ohren. Sie beeilten sich vom Bahngleis in die trockenere Überführung zu kommen. Rolltreppen gab es nicht und so mussten sie ihr Gepäck einige Stufen nach oben tragen. In dem dreckigen Gang oberhalb der Gleise sahen sie, dass sie einen Fahrstuhl hätten nehmen können. Dieser war auf dem Bahngleis in einem Betonklotz versteckt und deshalb nicht zu erkennen. Der zweite Fahrstuhl, am Ende des Ganges, war außer Betrieb und so mussten sie das Gepäck auch wieder die Stufen heruntertragen. Die Bahnhofshalle war klein und dreckig. Die einzige Bäckerei wirkte wenig einladend. Niemand saß an den Hochtischen. Josefine Herbst entschied, dass dieser Bahnhof selbst bei strahlendem Sonnenschein wohl kaum schöner sein würde. Sie verließen zügig die Halle. Das Polizeigebäude befand sich gegenüber vom Bahnhof auf der anderen Seite eines großen Busplatzes. Es regnete inzwischen in Strömen. Jule Janssen hatte glücklicherweise einen großen Schirm, unter den sie sich beim Überqueren des Platzes dicht aneinanderdrängten. Ziemlich zerzaust kamen sie ins Gebäude der Emder Kollegen. Ein Polizist hinter einer Scheibe im Eingangsflur schickte sie in den ersten Stock.

»Guten Morgen «, Josefine Herbst stand im Türrahmen des Großraumbüros des Polizeikommissariats.

Die Kolleginnen und Kollegen blickten erstaunt auf.

»Moin!«, kam es trocken zurück.

»Ich bin Kommissarin Herbst und das ist meine Kollegin Frau Janssen«, stellte sie ihre Assistentin und sich den Beamtinnen und Beamten vor. »Wir kommen vom Morddezernat Oldenburg und benötigen Ihre Unterstützung bei einem Fall aus Ihrer Stadt.«

»Wollen Sie damit andeuten, dass es hier einen Mord gab?«, zweifelte einer der Polizisten, der anscheinend der Chef war. »Aber, nehmen Sie doch erstmal Platz.«

Josefine Herbst lächelte ihn freundlich an und setzte sich auf einen der Besucherstühle. Jule Janssen blieb stehen.

»Von Mord sprechen wir noch gar nicht, liebe Kolleginnen und Kollegen«, erklärte Josefine Herbst. »Aber es gab hier einen Todesfall vor rund zwei Wochen, bei dem die zuständige Ärztin vor Ort nicht sicher war, ob es sich tatsächlich um einen natürlichen Tod handelte. Deshalb gab es eine routinemäßige Obduktion in Münster. Die Ergebnisse wurden an meine Dienststelle übergeben und es steht fest, dass der Tote an der Überdosierung eines Herzmittels starb. Es kann sich hierbei um ein Versehen, einen Suizid oder sogar um Mord handeln. Auf alle Fälle muss der Fall geklärt werden. Frau Janssen, geben Sie doch die Unterlagen an Herrn… wie heißen Sie?«

»Winter«, stellte sich nun der Beamte vor. »Friedjof Winter, um genau zu sein.«

Einer der Polizisten murmelte vor sich hin. »Nu bruuken wi blot noch Vörjahr un Sömmer, wa?«

Alle lachten. Friedjof Winter tat so, als hätte er es nicht bemerkt. Er nahm die Unterlagen von Jule Janssen in Empfang und blätterte darin.

»Mmh…«, drehte er sich zu seinen Leuten um. »Dat sücht so ut, as wenn dat stimmen deiht. De Dode is Erwin Paulsen. De mit de groot Plaats in Wybelsum an d' Diek.«

»Worum geht es?«, fragte Josefine Herbst.

»Verstehen Sie etwa kein Plattdeutsch?«, grinste er.

»Nein, ich stamme aus Wernigerode im Harz, dort wird kein Platt gesprochen.«

»Er hat nur seinen Leuten berichtet, um wen es sich bei dem Toten handelt«, erläuterte Jule Janssen ihrer Chefin den Sachverhalt.

Josefine Herbst wandte sich erneut an Friedjof Winter. »Wir benötigen hier einen Schreibtisch, an dem wir arbeiten können und einige Hintergrundinformationen wären auch nützlich. Was war der Herr Paulsen für ein Mensch? Wer gehört zu seiner Familie und so weiter und so weiter.«

Friedjof Winter nickte und überlegte. »Wie wollen Sie denn vorgehen? Brauchen Sie nicht eine Strategie?«

»Selbstverständlich! Ich habe eine Strategie und gerade deshalb brauche ich ja schnell alle Informationen, um dann später noch zur Familie zu fahren. Wir bekommen hier bei Ihnen doch ein Auto?«

»Das soll wohl klappen«, bestätigte er.

»Soweit wir wissen, ist heute die Beerdigung. Dann werden viele vor Ort sein und ich möchte die Reaktionen der Familienmitglieder und der Freunde sehen, wenn wir die Neuigkeit überbringen.«

Friedjof Winter gab Anweisung an seine Leute. »Halt gau all' bienanner. Wi bruken de Infos futt! Un so as ik mi besinnen kann, hebben wi 'n bietje wat over de Lüüd. Was daar neet mal wat mit de Dochter?«

Augenblicklich entstand ein geschäftiges Treiben im Büro.

»Darf ich Sie später begleiten?«, fragte Friedjof Winter interessiert.

»Gerne! Vermutlich kann ich dort vor Ort Ihre Kenntnisse in Bezug auf Plattdeutsch sehr gut gebrauchen. Meine Assistentin kann die Sprache zwar verstehen, da sie von hier stammt, aber sprechen will sie Platt nicht. «

»Was meinen Sie denn damit, dass mit der Tochter etwas war?«, erkundigte sich Jule Janssen, auch zum Beweis ihrer Sprachkenntnisse.

»Also, ich erinnere mich nicht an die Details, aber ich glaube, es gab vor einigen Jahren eine Anzeige der

Tochter, in der sie ihren Vater des Missbrauchs beschuldigte«, erläuterte Friedjof Winter. »Kommen Sie, ich zeige Ihnen ein Büro, in dem Sie arbeiten können.«

»Gerne!« Josefine Herbst folgte gemeinsam mit ihrer Assistentin Herrn Winter durch die Gänge des Gebäudes. Sie beobachtete ihn, während er vor ihr herlief. Der Kollege schien so um die Vierzig zu sein, denn er hatte schon graue Strähnen in seinen dunklen, leicht gewellten Haaren. In seiner Uniform machte er aber eine gute Figur.

»Hier, bitte«, zeigte er auf den Schreibtisch in einem kleinen kargen Zimmer. »Was Besseres haben wir leider nicht zu bieten. Einen Computer lasse ich Ihnen gleich noch bringen.«

»Was wurde denn eigentlich aus der Anzeige?« Josefine Herbst wollte ihn noch nicht so schnell aus dem Büro entlassen.

»Der Fall wurde gar nicht behandelt, denn die Tochter hat die Anschuldigung wieder zurückgezogen. Ich kümmere mich darum, dass Sie die Unterlagen dazu schnell erhalten.«

Er verließ den Raum. Interessant, dachte Josefine Herbst und meinte damit nicht nur die Informationen.

Zügig schob sich die Trauergemeinde über den kleinen Dorffriedhof an der imposanten ostfriesischen Backsteinkirche vorbei und zurück zum gusseisernen Eingangstor. Noch immer läuteten die Glocken. Am Grab hatte sich der Pastor, Onno de Boer, mächtig beeilt, die Zeremonie zu beenden, denn es hatte stark zu regnen angefangen. Der dazugekommene heftige Herbststurm peitschte den Menschen das Wasser ins Gesicht. Einen Schirm als Schutz zu nutzen, war völlig unmöglich, dieser wäre sofort ruiniert gewesen. Darum versuchten alle, möglichst schnell zum Auto oder zu den Häusern zu gelangen.

»Wir sehen uns gleich bei mir im Haus!« Magdalena Paulsen winkte den Leuten zu, sprang in ihren großen, schwarzen Geländewagen und fuhr los. Sie wollte unbedingt als Erste ankommen. Beim Gulfhof angelangt, überzeugte sie sich schnell noch einmal, dass ihre langjährige Hausangestellte, Marianne, gemeinsam mit dem Caterer alles zu ihrer Zufriedenheit vorbereitet hatte. Sie positionierte sich gekonnt in der klobigen, hölzernen Eingangstür, um mit vollkommen trauriger Miene die Kondolenzbekundungen der Verwandten, Freunde und Bekannten ihres Mannes entgegenzunehmen. Doch die Anzahl der Gäste blieb weit hinter ihrer Erwartung zurück. Die Kirche war noch voll besetzt gewesen, aber nun hatten sich viele der Dorfbewohner,

Geschäftspartner und Freunde direkt verabschiedet. Einige kamen zwar noch kurz zu ihrem Haus, um ihr Beileid auszudrücken, gingen oder fuhren dann aber sofort wieder, ohne an der Teetafel teilzunehmen. Das schlechte Wetter diente mehrfach als Entschuldigung. Letztlich blieben nur die engsten Freunde von Erwin Paulsen.

Markus Naumann, der inzwischen ehemalige Manager einer großen Reederei aus Hamburg und auch Hermann Veits, der unbeschäftigte Grafiker mit Gelegenheitsjobs aus Berlin, hatten ohnehin keine andere Wahl. Sie waren gemeinsam mit ihren Ehefrauen angereist und übernachteten im Gulfhof bei Magdalena Paulsen. Die bereits erwachsenen Kinder hatten sie zuhause gelassen. Lediglich Onno de Boer, der Pastor, der ebenfalls zu den engsten Freunden zählte, hätte die Möglichkeit gehabt, vor dem Regen direkt in sein kleines Haus bei der Kirche zu flüchten. Aber auch er war noch mitgekommen und saß nun in feuchter Kleidung mit den anderen an einem überdimensionalen Tisch mit rauchiger gläserner Platte und schweren gusseisernen Beinen. Der Regen trommelte heftig auf das Spitzdachfenster in der ausgebauten Scheune. Einst war dieses Haus ein großer Bauernhof direkt hinter dem Deich der Ems gewesen. Einsam lag der Hof, umgeben von unendlich viel Land, auf dem früher das Korn wuchs oder Kühe weideten. Onno de Boer erinnerte sich noch an die Zeit, als Erwins Eltern den Hof bewirtschafteten.

»Onno, träumst du?« Magdalena Paulsen hielt ihm einen gläsernen Teller mit Bienenstichstücken vor die Nase. »Nimm doch bitte.«

Er lehnte dankend ab und sie stellte den Teller zurück auf den Tisch. Hohe weiße Kerzen leuchteten dort zwischen viel zu vielen Tassen und Tellern, die gekonnt arrangiert auf der langen Tafel standen. Das meiste Geschirr blieb unbenutzt. Die anderen Freunde hatten sich bereits Kaffee oder Tee einschenken lassen und nahmen mehrfach von den Kuchenstückchen.

»Also ich hätte nie gedacht, dass von eurem Quartett Erwin als erster stirbt«, sinnierte Johanne Veits. »Mein Tipp wäre Markus gewesen, denn er hatte doch mit Abstand als Manager die stressigste Arbeit von euch Vieren. Auch wenn die mit Sicherheit nicht annähernd so anstrengend und fordernd war, wie meine heute noch ist, als Lehrerin einer Hauptschule in Berlin.«

»Was hast du für geschmacklose und absurde Gedanken?«, entgegnete Christiane Naumann. »Glaubst du wirklich, dass der Beruf entscheidend ist, um die Lebensdauer eines Menschen einschätzen zu können?«

»Na klar!«, sagte Johanne Veits völlig überzeugt. »Das ist doch inzwischen bewiesen. Harte körperliche

Arbeit oder eben viel nerviger Stress erhöhen das Risiko schwerer Krankheiten und verkürzen das Leben. Also, mein Hermann wird sicherlich uralt!«

»Du kannst es einfach nicht lassen, oder?«, reagierte ihr Mann. »Ich kann doch nichts dafür, dass ich als Künstler keine Aufträge bekomme.«

Er wandte sich an die anderen.

»Ihr könnt mir glauben, ich versuche es permanent. Allein schon, um aus der Abhängigkeit von ihr herauszukommen.«

»Schon klar, mein Liebster«, nickte Johanne Veits und verzog das Gesicht.

»Ach Markus, mein Liebling«, stichelte nun auch Christiane Naumann. »Die Organisation deiner Frauengeschichten ist doch mit Sicherheit noch stressiger, als es dein Beruf jemals war, oder? Danach hätte Johanne tatsächlich recht. Erwin lebte wohl gesünder.«

Markus sah seine Freunde mit einem vielsagenden Blick an und schwieg.

»Was sollen denn jetzt diese Peinlichkeiten«, fragte Magdalena Paulsen, während sie sich zu den Freunden an den Tisch setzte. »Heute soll es doch ein Gedenken an Erwin sein. Eure Gemeinheiten könnt ihr doch zuhause lassen, bitte!« Sie wandte sich an den Pastor. »Du hast so wunderbar gesprochen, Onno, wirklich! Vor allem hast du so viel Schönes aus eurer Kindheit und Jugend erzählt, alles, was ich gar nicht miterlebt habe. Das hat mich wirklich sehr berührt.«

»Ja, ihr Lieben, wir hatten als Kinder ein schönes Leben hier im Dorf«, kommentierte Markus Naumann Magdalenas Gefühlsausbruch. »Hermann und ich hätten vielleicht auch hierbleiben sollen! Erwin und Onno, die ewigen Ostfriesen, waren glücklich, oder? Hermann und ich haben scheinbar in den großen Städten, mit Karriere oder ohne Karriere, das wirkliche Glück nicht finden können.«

Er sah sich auf dem Tisch um und blickte ungeduldig in die Runde. »Gibt es hier eigentlich auch was Stärkeres als Kaffee zu trinken?«

»Erwin war nicht glücklich!«, Magdalena fing an zu weinen. »Das wisst ihr doch wohl am besten. Ich lasse uns wohl besser gleich Schnaps bringen.«

Sie klatschte in die Hände und Marianne kam und stellte eilig die Flaschen auf den Tisch, die sie in weiser Vorausahnung mitbrachte.

Markus Naumann schenkte allen ein, stand auf und erhob sein Glas. »Auf Erwin, unseren besten Freund! Wir werden ihn nie vergessen!«

»Auf Erwin!«, erwiderten alle anderen den Trinkspruch und kippten den ersten kalten Klaren hinunter.

»Sag mal Onno, bist du hier glücklich?«, grinste Hermann Veits, nachdem er sein Glas absetzte.

Onno der Boer überlegte, schenkte sich ein weiteres Glas ein und erhob es. »Jakobus 1, Vers 12 gilt hier und auch woanders. Glücklich der Mann, der in der Versuchung standhält. Prost!«

Die Scheibenwischer des Autos konnten die Wassermassen kaum noch bewältigen. Ein Sturzregen kam von oben und der Sturm hatte kräftig zugelegt. Josefine Herbst hatte Mühe, das Lenkrad des geliehenen Polizeiwagens zu halten und in der Spur der schmalen Feldstraße zu bleiben. Sie hätte auch den Kollegen Winter fahren lassen können, hatte sich aber aus eigensinnigem Stolz dagegen entschieden.

»Ihre Leute haben wirklich in den paar Stunden sehr gute Arbeit geleistet« Sie sprach mit Friedjof Winter, ohne jedoch zu ihm zu blicken. »Wir wissen jetzt schon einiges mehr über den Toten. Frau Janssen, fassen Sie doch nochmal alle Details zusammen.«

»Gerne«, antwortete die Assistentin auf der Rückbank. »Also, Erwin Paulsen ist achtundfünfzig Jahre alt geworden, stammt aus dem Dorf Wybelsum und hat dort den Hof und das Land seines Vaters direkt am Deich der Ems geerbt. Die Familie ist anscheinend sehr vermögend. Herr Paulsen ist allerdings nicht Bauer geworden, sondern hat eine Autowerkstatt in Emden gegründet. Eigentlich hätte er es gar nicht nötig gehabt zu arbeiten, denn das geerbte Geld ist in vielen Immobilien und in Windrädern angelegt. Es bringt satte Einnahmen. Die Werkstatt war mehr sein Hobby. Er war ein Autonarr und besaß auch einige Oldtimer. Verheiratet war er mit Magdalena, fünfzig Jahre alt, geborene

Witte. Sie stammt aus dem Dorf Rysum und ihre Eltern haben ebenfalls in der Landwirtschaft viel Geld verdient. Das Ehepaar hat eine Tochter, Lotta Specht, achtundzwanzig Jahre alt, Anwältin, die inzwischen in Oldenburg lebt und dort mit dem Architekten Roland Specht verheiratet ist. Vor siebzehn Jahren hatte Lotta ihren Vater angezeigt, sie sexuell belästigt zu haben. Eine Mitarbeiterin des Jugendamtes Emden war mit dem Kind damals zur Polizei gegangen. Bei ihr hatte sie sich wohl zusammen mit ein paar Freundinnen gemeldet. Aber nachdem die Beamten den Vater ins Präsidium zur Vernehmung geladen hatten, wurde die Anzeige zurückgenommen.«

»Wen mag das wundern?«, kommentierte Josefine Herbst. »Das Kind lebte ja schließlich noch zuhause. Wie sollte so etwas gehen?«

»Das ist das Problem«, ergänzte Friedjof Winter. »Solange nichts bewiesen ist, können wir die Kinder ja nicht einfach aus ihren Familien holen. Der einzige Beweis ist oftmals die Aussage des Kindes. Zeugen gibt es selten. In diesem Fall gab es noch nicht einmal Geschwister, die wir hätten befragen können.«

»Also ist nichts mehr passiert«, resignierte Josefine Herbst.

»Doch«, widersprach Jule Janssen. »Die Tochter kam ins Internat nach Esens. Von dem Zeitpunkt an hat sie nicht mehr zuhause gelebt.«

»Aha, das ist wichtig. Nun gut, wir werden nachhaken, sobald sich die Gelegenheit ergibt«, beendete Josefine Herbst das Gespräch.

Friedjof Winter zeigte in den Regen. »Da vorne ist bereits der Gulfhof zu erkennen.«

»Wo? Ich sehe gar nichts«, lachte Josefine Herbst. »Bin froh, dass ich die Richtung noch wahrnehmen kann und dass ich nur geradeaus fahren muss. Schauen Sie mal, wie die großen Pappeln am Rand der Straße sich bei dem Sturm biegen. Wenn das man gut geht!«

»Straße würde ich das jetzt nicht gerade nennen«, brummelte Jule Janssen hinten im Auto.

»Wollen Sie eigentlich heute Abend noch zurück nach Oldenburg?«, äußerte Friedjof Winter seine Besorgnis. »Vermutlich fahren gar keine Züge mehr bei dem Wetter!«

»Ich habe selbstverständlich Hotelzimmer für uns gebucht!«, entrüstete sich Jule Janssen.

»Sehen Sie, ich bin bestens versorgt.« Josefine Herbst drehte sich zu ihm und lächelte.

Wisst ihr noch, als wir alle zusammen in Italien waren?«, fragte Magdalena Paulsen in die Runde. »Das war doch wirklich der beste Urlaub, den wir jemals zusammen gemacht haben, oder? Die lauen Sommernächte am Strand, die Musik in den kleinen Dörfern. Und wir waren noch so jung und so verliebt!« Sie hatte einige Fotoalben auf dem Tisch verteilt und alle blätterten langsam in den Bildern der Erinnerungen.

»Wir hatten noch keine Kinder!«, kam es zynisch von Christiane Naumann. »Da war die Welt noch mit Leichtigkeit gefüllt. Mein Gott, wie wir damals ausgesehen haben!«

»Es gab guten Wein!«, sagte Markus Naumann und hielt ein Foto hoch. »Damit wird doch alles leichter.«

»Sind neun Monate später nicht Lotta-Paulina und Mark auf die Welt gekommen?«, fragte Johanne Veits nachdenklich, als sie die ersten Kinderbilder betrachtete. »Deshalb war der nächste Urlaub in Schweden auch so extrem anstrengend, nicht wahr?«

Markus Naumann lachte laut. »In Italien war alles leichter, auch das Vögeln! Nur bei euch hat es noch zwei Jahre gedauert, trotz des italienischen Weins.«

»War das nun auch schon ein Wettkampf?«, fragte Hermann Veits. »Ich wusste nicht, dass damals die Losung ausgerufen wurde, wer als erstes ein Kind hat, hat gewonnen und wird Vögelweltmeister.«

»Ihr seid so schrecklich ordinär!« Christiane Naumann tat entsetzt. »Ein paar Gläser Alkohol und es geht nur noch um das Eine. Nur Onno ist anders, Gott sei Dank!«

»Deshalb ist er ja auch Pastor!«, lachte Markus Naumann noch lauter. »Obwohl nicht katholisch, lebt er im Zölibat, der arme Kerl!«

Onno sah ihn nachdenklich an, schüttelte mit dem Kopf, schwieg beharrlich und blätterte weiter in dem Album mit den Bildern aus ihrer gemeinsamen Schulzeit.

»Ich wollte unbedingt eine Paulina haben«, sagte Magdalena Paulsen mit enttäuschtem Unterton. »Aber Erwin bestand ja vehement auf Lotta. So wurde es eben eine Lotta-Paulina. Heute heißt sie nur noch Lotta. Erwin hat sich durchgesetzt, wie immer. Prost meine Lieben. Ich werde Erwin vermissen. Nun werden wir niemals wieder zusammen Urlaub machen können! Alles vorbei!« Sie stand auf, wischte sich erneut eine Träne ab, hob das kleine Schnapsglas und leerte es in einem Zug.

»Habt ihr das auch gehört?«, fragte Johanne Veits, »Ich meine, es hat gerade geklingelt.«

»Das waren doch nur die Gläser, Frau Lehrerin«, frotzelte Markus Naumann. »Oder der Sturm hat geheult!«

»Nein, ich bin sicher, dass es geklingelt hat!«, verteidigte sich Johanne Veits.

Alle blieben still und lauschten. *Ding Dong* hörten sie es aus der Diele.

»Siehst du, ich habe trotz des vielen Kindergeschreis in der Schule noch sehr gute Ohren!« Johanne Veits freute sich diebisch, recht behalten zu haben.

Magdalena Paulsen rief laut nach ihrer Hausangestellten. »Marianne, öffnen Sie doch bitte mal die Tür! Es hat schon zweimal geläutet!«

Sie hörten wie Marianne eilig zur Haustür lief, als schon die nächsten *Ding Dong* ertönten. Magdalena Paulsen glättete zügig ihr Kleid, sprühte Mundspray, das sie aus ihrer Handtasche nahm, in ihren Mund und strich sich gekonnt die Haare wieder zurecht.

Johanne Veits grinste. »Perfekt, wie immer!«

Friedjof Winter hämmerte mit den Fäusten an die riesige Haustür. »Wenn de nu neet bold de Döör open maaken, denn stieg ik dör `t Fenster in! Wi sünd ja all dörhen natt!«

»Ich weiß zwar nicht, um was es geht, aber ich gebe Ihnen auch so recht!«, rief Josefine Herbst direkt neben ihm in den Sturm.

Beide lachten. Hinter ihnen stand Jule Janssen und hielt sich verbissen ihren Mantel über den Kopf. Gerade wollte Friedjof Winter zum nächsten Sturmklingeln ansetzen, da öffnete sich endlich die schwere Holztür. Vor ihnen stand eine etwas rundliche ältere Frau, wohl die Hausangestellte wie sie nach der schlichten grauen Kleidung urteilten.

»Oh, es tut mir leid!«, entschuldigte sie sich. »Kommen Sie schnell herein!«

Sie liefen an der Frau vorbei in die große Diele und zügig wurde die Tür hinter ihnen geschlossen. Das Heulen des Sturmes war nun geringfügig leiser, aber immer noch deutlich wahrzunehmen. Josefine Herbst sah sich um. Marmor am Boden, italienische Fliesen an den Wänden, ein riesig großer Spiegel und eine antike Garderobe aus dunklem Massivholz. Hier wurde nicht gespart.

»Ist denn Frau Paulsen da?«, fragte Friedjof Winter.

»Ja, Frau Paulsen ist im Haus, wen darf ich anmelden?«

Friedjof Winter holte seinen Dienstausweis aus der nassen Uniformjacke und zeigte ihn der Frau. »Winter, guten Tag, ich bin von der Polizei Emden und die beiden Damen sind Frau Herbst und Frau Janssen. Sie kommen vom Kommissariat Oldenburg. Wir müssen dringend mit Frau Paulsen sprechen.«

»Einen Moment, warten Sie hier bitte, ich hole sie.« Die Frau verschwand.

»Haben Sie schon einmal so eine Diele gesehen?«, fragte Josefine Herbst. »Die ist größer als mein Wohnzimmer und allein der Spiegel wird teurer sein als meine Küche. Wahnsinn! Millionäre versteckt hinterm Deich in Ostfriesland. Aber glücklicher sind sie deshalb auch nicht, oder?«

»Der Hausherr hat zumindest jetzt nichts mehr davon«, kam es zynisch aus dem Hintergrund von Jule Janssen.

»Was kann ich denn für Sie tun?« Eine überaus gut gekleidete dunkelhaarige Frau mit perfektem Styling und viel kostbarem Schmuck kam in die Diele. »Mein Name ist Magdalena Paulsen. Guten Tag. Sie wissen, dass heute mein Mann beerdigt wurde?« In ihrer Stimme lag ein leicht vorwurfsvoller Unterton.

»Ja, das wissen wir wohl.« Josefine Herbst blieb freundlich. »Es tut uns auch wirklich sehr leid, dass wir ausgerechnet heute stören müssen. Wir haben jedoch wichtige Mitteilungen für Sie. Sagen Sie, können wir uns vielleicht irgendwo setzen und ungestört reden?«

»Selbstverständlich, kommen Sie, wir gehen in die Scheune. Aber lassen Sie bitte Ihre nassen Jacken und Mäntel hier. Sie hinterlassen ja förmlich einen See in meiner Diele.«

Die Hausangestellte nahm die nasse Kleidung entgegen und verschwand, um die Jacken in ein Trockenzimmer der Waschküche zu bringen. Josefine Herbst, Jule Janssen und Friedjof Winter folgten der vor ihnen her stolzierenden Magdalena Paulsen in die Scheune. Der Titel war irreführend. Dieser große lange Raum, der in früheren Zeiten eine Scheune für Stroh und Tiere gewesen war, geizte nicht an der Einrichtung. Auch der Boden, der einmal aus festgestampftem Lehm bestanden haben musste, war inzwischen aus schwarzem Marmor. Im Raum standen protzige, aber moderne Möbel neben alten antiken Kommoden. Alles sah nach Geld aus. Selbst der Dekoration aus Stahlfiguren war anzusehen, dass sie teuer war. In der Scheune saßen einige Personen. Josefine Herbst registrierte zwei weitere Frauen. Eine davon war ebenso adrett und schick gekleidet wie die Hausherrin allerdings mit platinblonden Haaren. Die andere wirkte eher schlicht und unscheinbar. Ihre Haare waren mit grauen Strähnen durchzogen und offensichtlich nicht gefärbt. Einer der drei anwesenden Männer war groß, dunkelhaarig und extrem attraktiv. Sein Blick verriet, dass er sich seiner

Ausstrahlung mehr als bewusst war. Ein weiterer schlanker Mann war ganz klar erkennbar der Pastor. Er trug noch sein Stehkragenhemd und einen entsprechenden Anzug. Der Dritte war zwar auch mit einem dunklen Anzug bekleidet, wirkte darin aber eher wie verkleidet, da ihm dieser aufgrund seiner Fülle nicht mehr richtig passte. Außerdem schien er sich in seiner Kleidung unwohl zu fühlen. Er trug lange Haare, die er mit einem Zopfgummi am Hinterkopf zusammenhielt. Die Anwesenden schauten erstaunt auf die unbekannten Gäste.

»Das sind Herr Winter, Frau Herbst und Frau Janssen von der Polizei«, stellte Magdalena Paulsen vor.

»Polizei?« Alle zuckten mit den Schultern.

»Das sind meine Freunde, Markus Naumann, seine Frau Christiane, Hermann Veits und seine Frau Johanne und Onno der Boer, der Pastor, ebenfalls ein sehr lieber Freund. Setzen Sie sich doch«, forderte Magdalena Paulsen die neuen Gäste auf, Platz zu nehmen. »Sie dürfen auch gerne noch von den Kuchenstücken probieren. Ich lasse Ihnen auch Tee oder Kaffee servieren. Marianne wird gleich zu Ihnen kommen.«

Prompt kam die Hausangestellte zurück und nahm die Bestellung auf.

»Sehr nett, die warmen Getränke können wir jetzt wirklich gut gebrauchen«, bedankte sich Josefine Herbst im Namen aller.

»Und? Was haben Sie nun für neue Informationen?« Magdalena Paulsen hatte Mühe, ihre Neugierde nicht nach außen dringen zu lassen und es war auch in ihrer Stimme spürbar, dass sie etwas beunruhigt war.

»Nun, ja.« Josefine Herbst überlegte kurz, wie sie die Neuigkeiten klug überbringen könne. »Sie wissen doch, dass wir aufgrund der Unsicherheit Ihrer Hausärztin über die Todesursache eine Obduktion haben durchführen lassen?«

»Wie bitte?« Markus Naumann reagierte wütend. »Erwin wurde aufgeschlitzt? Warum wissen wir davon nichts? Magdalena, was hast du dir dabei gedacht? Das hätte er nicht gewollt!«

»Es war doch nicht meine Entscheidung.« Magdalena Paulsen ging zum Gegenangriff über. »Ich habe es euch nicht erzählt, weil es euch nichts angeht und ich euch auch nicht beunruhigen wollte. Erwin war doch schon lange herzkrank und er starb an einem Herzstillstand. Was sollte daran ungewöhnlich sein? Aber weil sich die schusselige Ärztin nicht sicher war, musste diese Untersuchung gemacht werden. Und?«, wandte sie sich wieder an die Kommissarin. »Was ist denn nun dabei herausgekommen?«

»Ihr Mann starb nicht eines natürlichen Todes. Er starb an einer Überdosis Digitalis.« Josefine Herbst registrierte, das alle erschraken.

»Das kann nicht sein!«, beteuerte Magdalena Paulsen. »Erwin konnte mit seinem Medikament umgehen. Er hätte es niemals überdosiert.«

Hermann Veits schaute ungläubig. »Wollen Sie damit etwa andeuten, dass Erwin ermordet wurde?«

Klirrend fiel eine Porzellankanne zu Boden und der heiße Tee ergoss sich auf den Marmor.

»Sie dummes Ding!« Magdalena Paulsen rügte zornig die Hausangestellte.

»Entschuldigung!«, murmelte Marianne hektisch und lief eilig aus dem Zimmer. Nur Sekunden später kam sie mit einem Eimer und einem Lappen zurück, sammelte die Scherben ein und wischte den Boden.

»Wir sprechen noch gar nicht von Mord«, erklärte Josefine Herbst. »Es kann sich wirklich ebenso gut um ein Versehen bei der Einnahme des Medikamentes handeln. Es kann aber auch ein Suizid gewesen sein. Selbstverständlich käme auch ein Mord in Frage. Wir sind hier, um der Sache auf den Grund zu gehen. Was können Sie denn dazu sagen?«

»Nichts!« Die Antwort von Magdalena Paulsen kam vehement. »Ich kann mir das überhaupt nicht erklären. Sind Sie denn überhaupt sicher, dass es nicht ein Versehen im Labor gab? Es könnte doch eine Verwechslung vorliegen.«

»Nein, wir sind ganz sicher. Tut mir leid«, sagte Josefine Herbst.

»Erwin hatte doch überhaupt keinen Grund, sich umzubringen!«, meinte nun Johanne Veits. »Schauen Sie sich doch einmal um, er hatte das perfekte Leben. Viel Geld, Attraktivität, ein fantastisches Haus, eine tolle Frau, eine erfolgreiche Tochter, gute Freunde, ein tolles Hobby, also mir würde beim besten Willen nichts einfallen, weswegen er sich das Leben nehmen sollte! Magdalena, das kann wirklich gar nicht sein!«

»In die Seele eines Menschen zu blicken ist schwierig«, bemerkte der Pastor Onno de Boer. »Selbst wir wissen doch nicht, ob ihn nicht vielleicht irgendetwas belastet hat.« Er wandte sich direkt an Josefine Herbst. »Sie wissen doch aber sicherlich, ob er irgendeine Krankheit hatte, die ihn eventuell dazu hätte bewegen können?«

»Hatte mein Mann etwa Krebs?« Magdalena Paulsen war erschüttert.

»Nein, Ihr Mann war, bis auf die Herzschwäche, kerngesund«, beruhigte sie Josefine Herbst. »Diese Möglichkeit haben wir schon ausgeschlossen. Der Grund für einen etwaigen Suizid liegt nicht in einer schwerwiegenden Erkrankung. Die Frage bleibt offen. Sie können sich also alle nicht vorstellen, was Erwin Paulsen zu einem Selbstmord hätte treiben können?«

Für einen kurzen Augenblick herrschte Schweigen.

»Also, ich muss das hier erstmal verdauen!« Hermann Veits löste sich aus der Starre. »Wo ist denn der Schnaps geblieben? Der hat doch gerade noch auf dem

Tisch gestanden. Hat Marianne den etwa mitgenommen?«

Er lief hektisch aus dem Raum, um eine neue Flasche Korn zu holen.

»Nein, wir wissen nichts«, schüttelte Magdalena Paulsen den Kopf. »Beim besten Willen, ich kann es mir überhaupt nicht vorstellen. Ich war ganz sicher, dass er eines natürlichen Todes gestorben ist. Das muss doch ein Versehen sein!«

Alle anderen nickten und stimmten ihr zu. Josefine Herbst wusste, dass eben genau diese demonstrative Sicherheit das entscheidende Indiz für das Verheimlichen von Fakten ist. Hermann Veits kam mit einer neuen, kalten Flasche Korn im Arm und einem runden hölzernen Tablett mit diversen kleinen Schnapsgläsern zurück ins Zimmer. Er schenkte ein und ging um den Tisch.

»Möchten Sie auch?«, fragte er provokant.

»Nein, danke!«, antwortete Friedjof Winter» Wir sind, wie Sie wissen, im Dienst!«

Die Freunde Erwin Paulsens nahmen sich jeweils ein Glas, stellten sich im Kreis auf und warteten auf einen Trinkspruch. Onno de Boer sprach ihn aus und stieß mit ihnen an. »Die Wege des Herrn sind unergründlich. Na denn man Prost.«

Josefine Herbst, Friedjof Winter und Jule Janssen warfen sich vielsagende Blicke zu. Ganz offensichtlich hatten sie es mit einer eingeschworenen Gemeinschaft zu tun.

»Es tut mir wirklich leid, Frau Paulsen«, störte Josefine Herbst die Gruppe »Aber ich muss mit Ihnen noch ein Gespräch unter vier Augen führen.«

»Warum?«, fragte Magdalena Paulsen und stellte sich noch näher zu den anderen. »Ich habe doch keine Geheimnisse vor meinen Freunden. Fragen Sie doch einfach, was Sie wissen wollen.«

»Es muss sein«, sagte Josefine Herbst entschieden. »Ich muss auf ein Vieraugengespräch bestehen. Es war bedauerlicherweise keine Spurensicherung vor Ort als Ihr Mann tot aufgefunden wurde. Ich brauche von Ihnen also die Details. Soweit ich weiß, fanden Sie den Toten. Folglich gehe ich davon aus, dass Sie mir darüber berichten können, wie Sie ihn vorgefunden haben.«

Magdalena Paulsen verzog das Gesicht. »Darüber möchte ich schon gar nicht alleine mit Ihnen reden«, schluchzte sie. »Wissen Sie auch nur annähernd, wie entsetzlich das war? Ich weiß gar nicht, ob ich überhaupt nochmal darüber sprechen kann! Darf wenigstens Pastor de Boer dabei sein? Der weiß das doch ohnehin schon alles!«

Josefine Herbst atmete tief durch. »Ja, okay«, kam sie Magdalena Paulsen entgegen. »Aber alle anderen möchte ich bitten, den Raum zu verlassen.«

Die Freunde gingen gemeinsam aus dem Esszimmer, um sich in Erwin Paulsens sogenanntes Museum zu begeben. Eine weitere große Scheune, in der die diversen Oldtimer-Modelle des Verstorbenen aufbewahrt werden.

Josefine Herbst, Jule Janssen und Friedjof Winter setzten sich nebeneinander auf die eine Seite des Glastisches, Magdalena Paulsen und Onno de Boer auf die gegenüberliegende. Jule Janssen packte ein kleines Aufnahmegerät aus und positionierte es auf dem Tisch.

»Ist es Ihnen recht, dass ich für den Bericht, den ich zu schreiben habe, das Gespräch aufzeichne?«, fragte sie Magdalena Paulsen und erhielt eine stumme nickende Zustimmung.

Marianne brachte frischen Kaffee und Magdalena Paulsen leerte ihre soeben gefüllte Tasse in einem Zug. »So, jetzt mag es wohl gehen, ich habe leider heute schon ein bisschen viel Alkohol getrunken. Was wollen Sie wissen?«

»Also, ich werde Ihnen zunächst gar keine Fragen stellen«, erläuterte Josefine Herbst. »Erzählen Sie einfach, wie der Tag gewesen ist, als Sie Ihren Mann gefunden haben. Jede Kleinigkeit kann uns weiterhelfen, die Situation zu beurteilen.«

Magdalena Paulsen zögerte.

»Es ist gut, ich bin bei dir«, beruhigte sie der Pastor. »Erzähle es einfach der Polizei genauso, wie du es mir erzählt hast.«

»Na gut. Es war Sonntag, der 26. August. Ich war an dem Wochenende bei meiner Tochter Lotta und kam erst abends spät zurück. Halb neun, meine ich, bin ich zur Tür hereingekommen. In der Diele, an der Treppe nach oben, habe ich gerufen, bekam aber keine Antwort. Ist ja klar, er konnte doch nicht mehr antworten.« Sie schluchzte. Die Tränen liefen ihr langsam die Wangen herunter. »Erst habe ich meine Koffer nach oben ins Schlafzimmer gebracht und ausgeräumt. Ich kann es nicht leiden, wenn irgendetwas herumsteht.«

»War ihre Hausangestellte denn nicht da?«, fragte Josefine Herbst.

»Marianne hat an den Wochenenden frei«, erklärte Magdalena Paulsen. »Hinterher habe ich mich gefragt, ob es etwas geändert hätte, wenn ich gleich zu ihm gegangen wäre, anstatt aufzuräumen. Aber die Ärztin hat mir gesagt, dass er bestimmt schon seit Samstag tot gewesen sein muss.«

Josefine Herbst nickte. »Sie hätten ihm ohnehin nicht mehr helfen können. Die Dosis des Giftes war so hoch, da wäre nichts mehr zu machen gewesen. Wann und wie haben Sie ihn dann gefunden?«

»Ich bin, glaube ich, so gegen neun nach unten«, überlegte Magdalena Paulsen. »Dann habe ich eine

Weinflasche aus der Küche geholt und bin zum Wohnzimmer gegangen. Ich war verärgert, denn ich habe den Fernseher hören können. Der war unglaublich laut.«

»Aber als Sie im Haus ankamen, haben Sie ihn nicht gehört?«, hakte Josefine Herbst nach.

»Nein, nein«, schüttelte Magdalena Paulsen den Kopf. »Das wäre im Vorderhaus auch nicht möglich. Das Wohnzimmer liegt auf der anderen Seite des Hofes. Die Gebäude sind in einem U-Format gebaut. Auf jeder Seite ist ein Gulf und beide sind mit einem Querhaus verbunden. Da drüben ist eine andere Diele, nicht die des Eingangs. Nur, als ich dort gerufen habe, da habe ich den Fernseher auch schon gehört. Ich dachte ja, dass er deshalb nicht antwortet.«

»Ach so, okay, und was passierte dann?«

»Dann bin ich ins Wohnzimmer gegangen und habe mit ihm geschimpft, dass der Fernseher so laut ist.« Sie begann wieder zu weinen. »Ich habe erst gar nicht gemerkt, dass er tot ist. Er lag auf dem Sofa, als wäre er beim Fernsehen eingeschlafen.«

»Er lag also?«, fragte Josefine Herbst.

»Ja, allerdings, wenn ich es richtig überlege, lag er verkehrt herum. Er hätte so den Fernseher gar nicht sehen können.«

»Interessant«, entfuhr es Friedjof Winter. »Was lief denn gerade? Tatort, Traumschiff oder private Sender?«

»Nichts von dem«, antwortete Magdalena Paulsen. »Es lief eine DVD in Dauerschleife. Diese Kindergeschichte *Lotta aus der Krachmacherstraße*. Wegen dieser Lotta von Astrid Lindgren heißt unsere Tochter ja Lotta. Sie musste diesen Film als Kind tausende Male anschauen. Ich habe nie verstanden, was das sollte. Ich habe dann den Fernseher ausgeschaltet und bin zu ihm gegangen. Gerüttelt habe ich ihn und geschimpft, dass er sich gefälligst ins Bett legen sollte. Da habe ich es gemerkt.« Sie begann wieder zu schluchzen. »Er war eiskalt. Ich habe ihn laut gerufen, ich glaube mindestens zehn Mal, bis ich völlig erschöpft war. Dann habe ich mich in den Sessel fallen lassen und geweint. Ich weiß nicht, wie lange. Irgendwann bin ich zum Telefon gegangen und habe versucht unsere Ärztin zu erreichen. Sie war glücklicherweise zuhause und kam dann auch sofort. Frau Doktor Brecht hat auch dem Bestatter Sebens Bescheid gegeben. Alle trafen auch ziemlich schnell ein. Marianne hatte ich auch angerufen. Sie kam unverzüglich und ließ alle ins Haus. Ich habe da noch mit Lotta telefoniert.«

»Ist Ihnen im Zimmer sonst noch etwas aufgefallen?«, fragte Josefine Herbst. »Außer der DVD?«

Magdalena Paulsen überlegte angestrengt. »Ja, auf dem Couchtisch vor dem Sofa standen das Teestövchen und seine volle Tasse Tee. Er hat sie wohl gar nicht mehr trinken können. Gegenüber, auf der Seite des Sessels, in den ich mich ja erst gesetzt hatte, da war ebenfalls ein Tassenabdruck auf dem Tisch. Ich weiß, ich habe noch überlegt, warum er erst auf der anderen Seite gesessen haben sollte. Eine zweite Tasse war nämlich nicht da.«

»Die Eingangstür?«, fragte Josefine Herbst. »War die abgeschlossen, als sie kamen?«

»Nein, nur zugeschnappt.« Magdalena Paulsen grübelte. »Sie meinen, es war jemand hier? Erwin hatte Besuch? Und…das war vielleicht der Mörder? Oh mein Gott, wenn der noch im Haus gewesen wäre, als ich kam!« Sie erschrak heftig, raufte sich die Haare und atmete tief ein.

»Halten Sie es wirklich für möglich, dass Erwin ermordet wurde?«, fragte Onno de Boer.

Josefine Herbst dachte nach. »Gibt es Feinde?«, antwortete sie mit einer Gegenfrage.

»Nein, bestimmt nicht!« Der Pastor schien sehr sicher zu sein.

»Erwin war überall beliebt«, bestätigte Magdalena Paulsen seine Aussage.

»Na ja, es gibt zumindest zwei Hinweise darauf, dass eine weitere Person im Haus gewesen sein könnte.« Josefine Herbst sortierte die Notizen. »Die nur eingeschnappte Tür und der Tassenabdruck. Allerdings lässt die Tatsache, dass der Tote auf dem Sofa lag und anscheinend alles ordentlich aufgeräumt war, den Rückschluss zu, dass es kein Überfall gewesen sein kann. Einen Kampf gab es offensichtlich nicht. Der Besuch ist wohl von ihm ins Haus gelassen worden.«

»Er hat entweder den Gast gekannt, oder sich nichts Böses dabei gedacht«, ergänzte Friedjof Winter.

»Sehr richtig!«, lächelte Josefine Herbst. Sie betrachtete ihn amüsiert und dachte, Männer können aber auch selten etwas unkommentiert lassen.

Magdalena Paulsen war inzwischen aufgestanden und hatte sich einen weiteren Schnaps eingeschenkt. »Muss ich noch mehr Fragen beantworten? Ich bin vollkommen durcheinander.«

»Nur einige wenige Fragen noch, Sie haben das doch bisher sehr gut gemacht!« Josefine Herbst versuchte sie zu beruhigen. »Ihre Beobachtungsgabe ist ausgezeichnet! Sie haben uns wirklich wichtige Informationen geliefert. Sagen Sie, wo bewahrte Ihr Mann seine Medikamente auf? «

»In der Küche in einem Schrank steht die Reserve. Ein Fläschchen hat er immer bei sich, für den Notfall.«

»Haben Sie dieses Fläschchen bei ihm gefunden?«

»Ganz ehrlich, ich weiß es nicht mehr.« Magdalena Paulsen dachte angestrengt nach. »Darauf habe ich überhaupt nicht geachtet. Ich glaube nicht, dass es dort war, bin mir aber überhaupt nicht sicher.«

Jule Janssen ergriff das Wort. »Wir müssen Sie eines aber noch fragen. Gäbe es einen Grund, weshalb Ihr Mann sich das Leben genommen haben könnte?«

»Und wenn es so wäre? Müsste ich Ihnen diesen Grund sagen? Oder reicht es Ihnen, wenn ich sage, dass es nach meiner Ansicht vielleicht einen Grund gab? Ach wissen Sie, es muss Ihnen reichen. Ich werde nicht spekulieren und meinen Mann diskreditieren!«

»Das respektiere ich«, reagierte Josefine Herbst. »Das ist sogar Ihr gutes Recht. Uns würde es selbstverständlich mehr helfen, wenn Sie uns Ihre Vermutungen mitteilen würden, aber ich danke Ihnen trotzdem für die Offenheit. Wenn Sie wirklich nichts sagen wollen?«

»Nein!« Magdalena Paulsen schüttelte den Kopf. »Ich weiß es nicht und dabei bleibt es.«

»Gut, dann belassen wir es dabei.« Josefine Herbst drückte Magdalena Paulsen über den Tisch hinweg die Hand und warf Onno de Boer einen auffordernden Blick zu, den er sofort verstand.

»Komm, wir holen die anderen zurück.« Er stand gemeinsam mit Magdalena Paulsen auf, legte den Arm um ihre Schulter und beide verließen den Raum.

»Gehen Sie davon aus, dass dieser mysteriöse Tassenabdruck tatsächlich ein Hinweis auf einen Besuch ist? Wir wissen doch gar nicht, ob ein Besuch wirklich etwas mit dem Tod zu tun hat, oder?«, fragte Jule Janssen.

»Nein, das wissen wir nicht!«, antworteten Friedjof Winter und Josefine Herbst gleichzeitig. Sie sahen sich erstaunt an, sammelten ihre Unterlagen ein und lachten währenddessen beide leise vor sich hin.

Sommer 1967

»Wisst ihr was, Kinder, wenn der Opa so mit euch schimpft, dann fahren wir heute eben einfach eher los und machen noch eine schöne Radtour!«, versuchte er seine beiden weinenden Töchter zu beruhigen.

Die Mädchen im Alter von fünf und sieben Jahren waren im Schrebergarten seiner Eltern nebenan wieder einmal über den Acker gerannt. Damit hatten sie die kleinen Bohnenpflänzchen zertreten, die gerade aus der Erde schauten. Der Großvater war mächtig wütend geworden und hatte die beiden Mädchen laut brüllend vom Grundstück gejagt.

»Mensch Gerhard, kannst du nicht besser auf Nane und Dele aufpassen?«. Sein Vater rief von der anderen Seite des Grabens, der die beiden Grundstücke trennte und nur über ein Holzbrett an einer Stelle zu überqueren war. »Ich nehme sonst die Brücke weg!«

Diese hölzerne kleine Brücke war ein Symbol für den Zustand der Verbindung zwischen den Generationen. Schon mehrfach hatte eine der Familien das Holzbrett entfernt und damit kurzzeitig jeglichen Kontakt zueinander unterbrochen.

»Kommt, wir gehen!«, forderte Gerhard Schulz seine Töchter auf, ihre Fahrräder zu nehmen und sich auf den Heimweg zu machen.

Er hatte überhaupt keine Lust, mit seinem Vater in einen Streit zu geraten. Solchen Situationen ging er generell lieber aus dem Weg. Reden mochte er nicht, da er ohnehin nicht daran glaubte, dass sich irgendwer mit Worten überzeugen ließe. Diskutieren ums Prinzip war für ihn ein sinnloser Wortaustausch, der niemals zu einem Ergebnis führen würde. Deshalb wäre es nun auch müßig gewesen, mit seinem Vater die Erziehung seiner Töchter zu besprechen. An dieser Stelle, so wusste er, gibt es in jeder Familie einen Generationenkonflikt, der kaum gelöst werden kann.

»Wenn du meinst«, sagte er deshalb auch nur kurzangebunden. »Nimm das Brett wieder einmal weg. Deine Bohnen rettet das nicht mehr. Dann verzichtet ihr eben wieder einmal auf die schlecht erzogenen Enkelkinder. Tschüss!«

Die Mädchen hatten inzwischen ihre Fahrräder geholt und warteten in sicherem Abstand auf dem schmalen gepflasterten Weg. Dieser wurde von bunten Sommerblumen eingerahmt und trennte die Äcker des Schrebergartens in zwei Seiten. Sie sahen, wie der Großvater sich mürrisch umdrehte und zu dem kleinen weißen Steinhaus auf seinem Grundstück lief. Dort wartete die Großmutter und versuchte ihn zu beruhigen.

Gerhard Schulz schob sein Rad zu seinen beiden Töchtern und gemeinsam verließen sie den Garten. Zu dritt radelten sie über einen breiten Schotterweg, an dem hinter Zäunen oder hohen Hecken die einzelnen Schrebergärten lagen. Es war ein schöner Sonntagvormittag. Menschen saßen vor ihren Häusern in der Sonne, lasen und sprachen miteinander. Einige verarbeiteten das in der Woche geerntete Obst und Gemüse. Alle winkten freundlich. Am Ende des Weges durchquerte Gerhard Schulz mit seinen Töchtern das große blecherne Eingangstor an der Hauptstraße. Jener Straße, die die kleine Hafenstadt Emden an der ostfriesischen Küste mit dem dahinterliegenden Land der Ackerbauern verband. Normalerweise würden sie nun rechts abbiegen und in Richtung Stadt fahren, um nach Hause zu gelangen. Gerhard Schulz hatte sich jedoch überlegt, mit seinen Töchtern einmal um die Stadt herum zu fahren. Es war ohnehin noch viel zu früh, um nach Hause zu kommen und seine Frau Etta würde es vermutlich nicht so gut finden, beim Kochen des Mittagessens von den Töchtern gestört zu werden. An Samstagen und Sonntagen nahm er für gewöhnlich die Kinder mit aus dem Haus, damit seine Frau einmal Ruhe hatte. In der Woche arbeitete er lange im Büro der Schiffswerft an seinen Zeichnungen, ging nach Feierabend an zwei Abenden zum Sport und die restlichen Tage abends in den Schrebergarten. Meistens war er vor neun Uhr abends nicht zuhause und seine Frau musste die Kinder oft allein betreuen.

»Wir nehmen heute einen anderen Weg und fahren in die entgegengesetzte Richtung«, erklärte er den beiden Mädchen seinen Plan, als sie die Straße überquerten. Es gab keinen Radweg und so standen sie nun am Rand der breiten Landstraße.

»Dele, du fährst vorne«, wies er die kleinere seiner Töchter an. »Deine Schwester fährt in der Mitte und ich ganz hinten.«

Die beiden Mädchen freuten sich, sie waren beide stolz auf ihre Räder und dass sie schon so gut Rad fahren konnten. Langsam setzte sich die kleine Fahrradschlange in Bewegung, den neuen unbekannten Weg heraus aus der Stadt zu nehmen. Sie hatten die Schrebergartensiedlung schon weit hinter sich gelassen. Links und rechts der Straße waren nur noch Äcker zu sehen, auf denen in der Erntezeit auch am Sonntag Bauern mit Treckern fuhren. Ganz entfernt hinter den Feldern waren die Silhouetten der Häuser des Dorfes Larrelt auszumachen. Die Sonne schien am wolkenlosen Himmel, es war heiß, die Luft flirrte und der Asphalt der einsamen Straße glitzerte, als wenn Wasser darauf stehen würde.

»Wenn der nächste Weg die Straße kreuzt, müssen wir rechts ab«, rief Gerhard seinen Töchtern zu. »Dele pass auf, da vorne ist er schon!«

Er konnte es kommen sehen, aber er war zu weit hinter den Mädchen und zu langsam, um es aufzuhalten. Er rief laut und auch seine große Tochter schrie. »Dele, Dele das ist falsch!«

Dann kam der Knall. Das kleine Fahrrad und die kleine Adele flogen durch die Luft. Ein einziges Auto war an diesem Morgen unterwegs. Es hatte noch gebremst, aber trotzdem das Kind erfasst. Adele Schulz war nach links auf die Landstraße gefahren, statt nach rechts abzubiegen. Gerhard Schulz ließ sein Rad fallen und rannte, um sie hoch zu heben. Sie blutete nicht stark an der Kopfwunde, aber die Zähne waren ausgeschlagen und sie war nicht bei Bewusstsein. Das Auto hatte angehalten und stand quer auf der Landstraße. Vier junge Männer saßen darin. Sie alle waren kreidebleich, als sie nun ausstiegen.

»Ich habe sie überhaupt nicht gesehen«, jammerte der junge Mann, der am Lenkrad gesessen hatte.

»Kommen Sie, wir fahren Sie schnell zum Krankenhaus«, meinte ein anderer.

Gerhard Schulz lief hektisch mit seiner Tochter auf dem Arm zum Auto und setzte sich auf den Beifahrersitz. Immer wieder streichelte er über ihre Wange. »Dele, wach auf. Bitte, wach auf.« Er sprach leise auf das Kind ein. Dann wandte er sich an die jungen Männer, die verloren und völlig hilflos auf der Straße standen. »Jemand muss bei meiner anderen Tochter bleiben!«

»Das übernehme ich«, sagte der Mann, der zuvor gefahren war. »Ist sowieso wohl besser, wenn ich mich jetzt nicht mehr ans Steuer setze.«

Die anderen Männer stiegen ein, Autotüren wurden geschlossen und sie fuhren mit Gerhard Schulz und der kleinen verletzten Adele Richtung Stadt zum Krankenhaus.

Herbst 2005

Ding Dong, Ding Dong, Ding Dong…die Klingel im Gulfhof läutete schon seit einiger Zeit sturm.

»Da scheint noch jemand ganz dringend herein zu wollen«, reagierte Friedjof Winter. »Wollen wir neugierig sein und nachsehen?«

»Klar!«, sagte Josefine Herbst und lief schon in Richtung Eingang.

Marianne öffnete gerade die Tür, als auch die Freunde von Erwin Paulsen gemeinsam aus der gegenüberliegenden Seite in die große Diele kamen.

»Mami, Mami«, stürzte nun eine junge, schicke dunkelhaarige Frau direkt auf Magdalena Paulsen zu und umklammerte sie.

»Lotta, Kind, du bist ja klitschnass.« Magdalena Paulsen versuchte, sich aus der Umklammerung zu befreien. »Und überhaupt, was tust du hier? Wir hatten doch vereinbart, dass du nicht zu Beerdigung deines Vaters kommst.«

Hinter Lotta Specht, der Tochter von Magdalena Paulsen, kamen noch zwei weitere Personen in die Diele. Mark Naumann, ein junger adretter Mann und Lena Veits, eine weitere noch etwas jüngere und legerere Frau. Beide brachten einige schwere Koffer mit. Marianne hatte Mühe, die Tür wieder zu schließen, denn der Sturm drückte genau auf die Hausseite.

Friedjof Winter eilte ihr zu Hilfe und gemeinsam schlossen sie die schwere Holztür. Eine Wasserpfütze hatte sich durch den hereinpeitschenden Regen in der Diele gebildet.

»Mark und Lena haben mich begleitet, Mami, ich war so aufgelöst und hätte nicht alleine hierherfahren können.«

Magdalena Paulsen war erstaunt. »Was soll das heißen, aufgelöst? Auf einmal? Der Tod deines Vaters hat dich doch erst gar nicht berührt.«

Marianne nahm den Neuankömmlingen die nassen Jacken ab und brachte auch diese in den Trockenraum.

»Können wir nicht reingehen?«, fragte Mark Naumann ungeduldig. »Das wird eh länger dauern mit der Erklärung. Ich habe auch Hunger und Durst. Gibt es hier noch etwas zu essen heute?«

»Mark, wie unhöflich!«, erzürnte sich seine Mutter.

»Marianne bereitet gleich das Abendbrot vor, du hast Glück«, antwortete Magdalena Paulsen. Dann wandte sie sich an die Polizei. »Bleiben Sie auch noch zum Essen?«

»Sehr gerne!«, sagte Friedjof Winter, während seine beiden Kolleginnen noch überlegten.

»Entscheiden Sie immer für alle mit?«, fragte Josefine Herbst leicht entrüstet.

»Grundsätzlich schon, bin ja Chef, zumindest in Emden.« Friedjof Winter amüsierte sich. »Aber es gibt Ausnahmen.«

»Wie beruhigend.« Josefine Herbst schüttelte ungläubig mit dem Kopf.

Magdalena Paulsen verließ die Diele, um Marianne den Auftrag für weitere Abendessen zu erteilen. Alle anderen gingen gemeinsam in das Esszimmer und setzten sich wieder an den großen Glastisch.

»Vielleicht erfahren wir ja noch etwas Interessantes«, flüsterte Friedjof Winter währenddessen seinen Kolleginnen zu. Es war seine Form der Entschuldigung, die Einladung voreilig für alle angenommen zu haben.

Als Magdalena Paulsen wieder in den Raum kam, forderte sie ungeduldig ihre Tochter auf, ihr überraschendes Erscheinen zu erklären.

Lotta Specht zögerte. »Mami, ich habe mich heute von Roland getrennt. Bevor du jetzt etwas sagst, lass mich bitte ausreden.«

Magdalena Paulsen schluckte die Worte herunter, die ihr auf der Zunge zu liegen schienen. Auch die anderen Freunde unterdrückten schnell einen Kommentar zu der Neuigkeit.

»Weißt du, nachdem Vati nun gestorben ist, habe ich nachgedacht und mir ist klargeworden, wieviel ich in meinem Leben gemacht habe, um ihm und dir gerecht zu werden. Immer erfülle ich nur eure Erwartungen. Euren Anspruch an ein sauberes und geordnetes Leben. Dieses Bild der wunderschönen und glücklichen Familie, das euch so verflucht wichtig ist und das ihr doch selbst nur gespielt habt. Das Internat, mein Studium, meine Kanzlei, alles nur, damit ihr eine tolle Tochter habt. Nur das Enkelkind, ja Mami, den Wunsch habe ich euch noch nicht erfüllt. Warum wohl? Ich liebe Roland nicht! Er ist nur ein weiterer Baustein dieser unsäglichen goldenen Fassade. Denn er passte ja mit seinem Reichtum so super ins Bild.«

»Aber Kind, dieses Bild gibt Sicherheit im Leben. Irgendworan müssen Menschen sich orientieren. Sie brauchen eine Linie, an der sie ihr Leben ausrichten. Sonst fallen sie ins Chaos.«

»Mami, meine von dir entworfene Linie ist nur eine Lüge! Glaub mir, nichts macht so unglücklich wie ein Leben ohne Wahrheit. Ich bin so doch gar nicht!« Lotta Specht begann zu weinen.

»Ich werde Roland anrufen und ihn bitten, hierher zu kommen«, eiferte sich Magdalen Paulsen. »Dann könnt ihr das alles wieder in Ordnung bringen!« Sie wollte den Raum verlassen, aber Mark Naumann stellte sich ihr stumm in den Weg.

»Du wirst nichts dergleichen tun, Mami!«, schrie Lotta Specht wütend. »Du weißt ganz genau, dass ich schon immer Mark liebe. Immer hast du gesagt, dass ich die Finger von ihm lassen soll, weil er genauso ein Playboy wäre wie sein Vater, aber das stimmt nicht. Mark ist überhaupt nicht so wie sein Vater! Jetzt habe ich endlich den Mut, die Konsequenzen zu ziehen und niemand wird mich davon abhalten!«

Sie ging zu Mark Naumann, beide gaben sich die Hand, lächelten sich zu und stellten sich demonstrativ den Eltern gegenüber auf.

»Mensch, Markus, tu etwas!« Magdalena Paulsen wurde hysterisch. »Lass mich das nicht alles alleine machen!«

»Es tut mir sehr leid!« Markus Naumann trat vor die beiden jungen Leute. »Ich muss euer kleines Glück zerstören. Aber ihr beide könnt definitiv kein Paar werden.«

»Als wenn DU mir etwas vorschreiben könntest«, erzürnte sich Mark Naumann. »Lange genug habe ich mir alles von dir gefallen lassen. Weißt du, selbst wenn du mir meine Stelle in der Reederei nehmen würdest, stehe ich zu Lotta. Dein Geld ist mir völlig egal. Wir wollen endlich glücklich sein. Etwas, was du doch überhaupt nicht kennst. Du benutzt alle Frauen nur. Meine Mutter kannst du vielleicht kaufen, mich nicht mehr!«

Christiane Naumann brachte vor Betroffenheit kein Wort heraus. Sie stand völlig perplex da und beobachtete die Szenerie. Auch die anderen Freunde schwiegen.

»Aber, aber, mein aufgebrachter Sohn«, lächelte Markus Naumann wissend. »DU musst noch so viel lernen. Es ist alles ganz einfach. Frauen sind wie Hühner. Sie wollen alle den Hahn mit dem buntesten Gefieder und dem größten Kamm! Wenn du dieser Hahn bist, kannst du dich einfach nicht retten vor den Hühnern. Bis du begreifst, dass du ihnen nur geben musst, was sie von dir wollen. Dann hast du sie alle in der Hand und sie legen sich dir freiwillig zu Füßen.«

Markus Naumann drehte sich zu seinen Freunden um, als wolle er sich rückversichern, dass sie seine Aussagen mittragen würden. Alle starten ihn verständnislos an. Die drei Frauen zückten ihre Taschentücher und vergossen ein paar Tränen. Hermann Veits schien doch irgendwie Vergnügen an der Situation zu haben. Er grinste vor sich hin. Der Pastor schüttelte mit dem Kopf. Markus Naumann überlegte noch kurz, dann fasste er einen Entschluss, drehte sich um und grinste. »Tja mein Sohn, du kannst Lotta nicht haben, selbst wenn du der schönste Hahn der Welt wärest, denn sie ist deine Schwester, Halbschwester, um ganz genau zu sein.«

Für eine Sekunde wäre das Fallen einer Stecknadel zu hören gewesen. Genau in diese Stille kam Marianne mit einem großen Tablett in den Raum, um den Tisch für das Abendbrot zu decken. Christiane Naumann begann wie verrückt zu lachen. Magdalena Paulsen setzte sich wortlos an den Tisch und starrte ins Leere. Hermann Veits klatschte in die Hände. »Nun ist die erste Katze aus dem Sack, der Damm ist gebrochen.«

»Vati, sei still!«, schimpfte Lena Veits.

Marianne verließ schnell den Raum, mit der Begründung weitere Lebensmittel und Getränke zu holen. Sicher tat sie es aber wohl auch, um der Situation zu entgehen.

»Das ist doch wieder so eine Lüge, um uns auseinander zu bringen«, versuchte Lotta Specht zu retten. »Mami, sag, dass das nicht wahr ist!«

In diesem Augenblick klingelte das Handy von Friedjof Winter. Alle blickten genervt zu ihm. Er sah auf das Display, entschuldigte sich schnell und ging vor die Tür in die Diele, um das Gespräch entgegenzunehmen.

»Es ist nicht gelogen« betonte Markus Naumann. »Magdalena, auch wenn es deine dir so heilige heile Welt zerstört, sag ihr endlich die Wahrheit!«

Zitternd erhob sich Magdalena Paulsen und lief zu ihm. »Verflucht seist du, Markus Naumann, verflucht der Moment in dem ich dir begegnet bin.«

Dann drehte sie sich zu ihrer Tochter. »Ja, es stimmt, er ist dein Vater!«

»Nein, niemals!«, schrie Lotta Specht und rannte aus dem Zimmer. Beinahe wäre sie mit Friedjof Winter zusammengestoßen, der ihr gerade noch ausweichen konnte. Mark Naumann und Lena Veits folgten ihrer Freundin.

»Habe ich etwas verpasst?«, flüsterte Friedjof Winter.

»Es ist die Wahrheit«, flüsterte auch Josefine Herbst. »Mehr nicht.«

Marianne kam erneut ins Zimmer und vervollständigte die Abendbrottafel, die sich nun reichhaltig gedeckt präsentierte. »Die jungen Leute möchten oben im Zimmer Ihrer Tochter speisen, Frau Paulsen? Ist das in Ordnung?«

»Ja, es ist in Ordnung«, antwortete Magdalena Paulsen kurz und knapp.

Marianne stellte drei Gedecke auf ein Tablett und ging.

»Bedauerlicherweise muss ich Ihnen noch etwas mitteilen«, erhob Friedjof Winter das Wort. »Ich bekam soeben einen Anruf aus unserer Leitzentrale. Der Sturm hat zwei große Pappeln entwurzelt und diese liegen jetzt auf der Zufahrtstraße zu diesem Hof. Heute wird also niemand mehr hierher oder von hier wegkommen können. Zurzeit sind auch aufgrund der Wetterlage keine Aufräumarbeiten möglich. Es kann also dauern. Leider betrifft dies Problem auch meine beiden Kolleginnen und mich. Besteht vielleicht die Möglichkeit, dass wir später auf irgendeiner Couch ausruhen können?«

»Aber wir werden doch wohl von einem Traktor übers Feld geholt, oder?«, entfuhr es Josefine Herbst.

»Sonst wäre das Hotelzimmer völlig umsonst«, entrüstete sich Jule Janssen.

Leise flüsterte Friedjof Winter seinen Kolleginnen zu. »Vielleicht ist es ja eine Gelegenheit, die wir sonst nicht bekommen hätten. Wir sind quasi mittendrin. Da erfährt man doch sicher mehr als von außen, oder?« Lauter sprach er weiter. »Meine Kollegen versuchen alles, aber ich befürchte, das wird nicht klappen.«

Josefine Herbst schüttelte ärgerlich den Kopf. »So ein Mist! Unser Gepäck ist in der Emder Polizeistation«.

Magdalena Paulsen fing sich wieder und schaltete spielend um, auf fürsorgliche Gastgeberin.

»An einen solchen Sturm kann ich mich auch nicht erinnern. So etwas haben wir noch nie gehabt! Aber Sie brauchen nicht auf einer Couch zu übernachten. Wir haben im Querhaus oben diverse Schlafkammern. Nicht gerade luxuriös, aber für Notfälle geeignet. Ab und zu vermieten wir diese im Sommer an Kinder- oder Jugendgruppen, die von hier aus Radtouren auf Ostfrieslands Deichen unternehmen. Ich werde Marianne später sagen, dass sie Ihnen drei dieser Kammern fertigmacht. Dort finden Sie dann auch Waschzeug, Zahnbürsten und was man sonst noch so braucht.«

»Na bitte.« Friedjof Winter grinste seine beiden Kolleginnen an. »Das ist doch mal ein Angebot.«

Magdalena Paulsen bat alle, am Tisch Platz zu nehmen. »Ihr Lieben, lasst uns erstmal etwas essen. Ich finde, das war für heute Aufregung genug. Wir müssen die Contenance wahren und uns beruhigen, unbedingt!«

Erleichtert stimmten ihre Freunde zu und nachdem sich alle an den Tisch gesetzt hatten, bedienten sie sich an den üppigen Wurst- und Käseplatten, tranken Bier, Wein oder Wasser. Außer den bittenden Fragen, das eine oder andere über den Tisch zu reichen, wurde nichts mehr besprochen. Alle waren in Gedanken versunken. Zu hören war nur noch der Sturm.

In der Nacht wachte Markus Naumann erschrocken auf. Habe ich schlecht geträumt? Hat mich der Sturm geweckt? Er überlegte und lauschte den Geräuschen in der Dunkelheit. Sein Schlafanzug war unangenehm nassgeschwitzt. Er fühlte sein Herz, das so heftig schlug, dass er seinen Puls im Kopf hören konnte. Was ist denn mit mir los? Ich habe doch gar nicht mehr Wein getrunken als sonst.

Vorsichtig wollte er sich im Bett aufsetzen. Es gelang ihm nicht, denn ihm wurde bei der kleinsten Bewegung sofort furchtbar schwindelig und er musste sich wieder hinlegen. Ich muss mich beruhigen. Ich bin nur ein bisschen besoffen, dachte er. Es wird sicher gleich wieder besser. Er schloss die Augen, um wieder einschlafen zu können. Aber sein Herz wollte sich nicht beruhigen. Es polterte inzwischen derart heftig, als würde er gerade einen Marathon laufen. Er schlug die Augen wieder auf. Um ihn herum sah er bunte Farben, als wäre ein Blitzfeuerwerk im Zimmer. Langsam wurde er unruhig. Das kann doch nicht sein! Es ist Nacht, es ist dunkel, es gibt hier keine Farben, versuchte er weiter die Kontrolle zurückzubekommen. Die Angst schlich ihm in die Glieder.

»Christiane«, rief er angestrengt. »Christiane, du musst mir helfen! Mir geht es nicht gut.«

Er lauschte. Seine Frau nebenan schlief ruhig weiter, das konnte er an ihrem gleichmäßigen Schnarchen hören. Er rief sie erneut, aber sie reagierte nicht. War da eine Bewegung im Raum? Ihn beschlich das Gefühl, dass jemand anwesend sein könnte. Er horchte und mühte sich, etwas zu erkennen. Vor dem Schrank meinte er den Umriss eines Menschen zu sehen.

»Wer ist denn da? Bitte, bitte helfen Sie mir!«

Niemand antwortete. Kann es denn sein, dass ich auch vergiftet wurde? Steht dort im Raum der Mörder? Eine furchtbare Ahnung ergriff von ihm Besitz. Er versuchte sich auf die Seite zu drehen, um sich so vielleicht aus dem Bett fallen lassen zu können und damit die Aufmerksamkeit seiner Frau zu erreichen. Er wusste, er bräuchte dringend Hilfe.

»Christiane«, röchelte er noch einmal. »Hilfe, Christiane, ich sterbe.«

Mit letzter Kraft versuchte er sich zu bewegen, doch es schoss ihm ein furchtbarer Schmerz in die Brust. Sein Körper verkrampfte. Er hörte noch, wie leise die Tür seines Zimmers geschlossen wurde und dann war alles dunkel.

Am Morgen hatte sich der Sturm gelegt und die Sonne schien durch Lücken in dicken weißen Wolken. Josefine Herbst war früh erwacht und schaute vom Bett nach oben aus dem Fenster. Das Zimmer, in dem sonst Kinder und Jugendliche ihre Ferien verbrachten, war karg und spärlich eingerichtet. Weiße Kalkwände, die nicht einmal ein dekoratives Bild an der Wand zierte. Sie spürte alle Knochen, denn die Matratze war außerordentlich dünn und hart. Deshalb stand sie auf, machte sich fertig und wollte sich dann in der Küche einen Kaffee zubereiten. Marianne war jedoch schon dort und bot ihr einen Becher an. Sie nahm ihn dankend und überlegte, die Gelegenheit zu nutzen, der Frau ein paar Informationen zu entlocken. »Sagen Sie, Marianne, ist Ihnen vielleicht irgendetwas bekannt, was den Hausherrn so sehr bedrückt haben könnte, dass er sich das Leben nimmt?«

»Nein, ganz bestimmt nicht. Aber das habe ich auch schon gerade Ihrem Kollegen gesagt.« Marianne wurde ärgerlich.

»Oh, das tut mir leid, wo ist mein Kollege denn?«

»Er ist nach draußen auf den Deich gegangen.«

»Wie ist denn eigentlich Ihr Nachname, Marianne?« fragte Josefine Herbst freundlich. »Ich möchte Sie nicht immer so unhöflich mit dem Vornamen ansprechen.«

»Bloch und auch das habe ich Ihrem Kollegen schon gesagt.« Die Angestellte blieb mürrisch. »Wenn Sie nichts dagegen haben, mache ich jetzt das Frühstück. In einer Viertelstunde wird Frau Paulsen nach unten kommen. Falls Sie auch noch auf den Deich möchten… Ihr Mantel hängt in der Diele an der Garderobe.«

Um Marianne Bloch nicht weiter zu verärgern, nahm Josefine Herbst den Wink mit dem Zaunpfahl an, schnappte sich ihren Mantel und lief mit dem Kaffeebecher in der Hand ebenfalls zum Deich. Das feuchte Gras stand hoch und so bekam sie nasse Füße. Den Blick auf die Ems, im Hintergrund die riesigen Windmühlen, auf dem Deich die Schafe und das weite abgeerntete Land drum herum empfand sie als sehr beruhigend. Die Luft war erfrischend und roch nach Meer. Möwen waren zu hören. Friedjof Winter saß oben auf dem Deich auf einer Bank. Er schien ebenfalls die Ruhe zu genießen.

»Guten Morgen«, sagte sie und setzte sich zu ihm. »Konnten Sie gut schlafen?«

»Das Bett war ein Brett«, lachte er. »Nein, ich habe fast kein Auge zugemacht. Und Sie?«

»Dito. Wie ich höre, haben Sie schon mit Marianne Bloch, der Hausangestellten, gesprochen?«

»Ja, aber sie weiß nichts und gestern Abend haben wir ja auch nichts Wichtiges mehr erfahren.«

»Nein, die Strategie ging nicht auf.« Josefine Herbst konnte sich eine Stichelei nicht verkneifen. Sie überlegte. »Obschon jetzt die Möglichkeit eines Suizids deutlich höher zu bewerten ist, bei all dem Reproduktionschaos in diesem Haushalt. Wir wissen ja leider auch immer noch nicht, ob etwas dran ist an den Missbrauchsvorwürfen. Und die zweite Tasse? Na ja, immer noch offene Rätsel. Sagen Sie, was hat denn eigentlich Ihre Familie dazu gesagt, dass Sie hier festsitzen?«

Er lächelte sie verschmitzt an. Sie wurde leicht rot und blickte auf den Boden »Sorry, ich wollte nicht indiskret sein.«

»Familie? Ein schwieriges Thema. Ich lebe noch mit meiner Frau zusammen in einem Haus, aber wir sind getrennt.«

»Oh, das tut mir leid. Es geht mich ja auch nichts an.«

»Kein Problem. Sie wissen doch sicher auch, wie das ist in unserem Beruf. Die Arbeitszeiten sind Beziehungskiller und auch die Einsätze sind mitunter diskussionswürdig. Das führt relativ oft zu heftigen Auseinandersetzungen.«

»Inwiefern?«

»Na ja, wir sind zwar für Recht und Gesetz zuständig, aber nicht für Gerechtigkeit. Wenn wir Kinder aus Familien holen müssen, den netten ausländischen Nachbarn ausweisen, Demonstranten verhaften, die für eine gute Sache kämpfen, da stehen wir häufig auf der falschen Seite. Wenn wir allerdings Schutz bieten vor Kriminellen, helfen bei Einbrüchen oder bei Verkehrsunfällen, ja, dann sind wir die Guten. Dieser Zwiespalt ist doch schon für einen selbst schwer zu ertragen, geschweige denn jemandem zu erklären. Meine Frau ist zudem Sozialarbeiterin und berät Menschen in Not. Da standen wir schon so manches Mal auf verschiedenen Seiten. Das hält kaum eine Ehe aus.«

»Ja möglich, das kann ich gut nachvollziehen.«

»Außerdem wollte sie gerne Kinder und ich noch nicht. Das war letztlich der Grund für unsere Trennung. Wir hatten kein gemeinsames Ziel mehr. Und? Wie ist es mit Ihnen? Haben Sie Kinder?«, fragte er unverblümt.

»Ich? Nein, ich bin ein bisschen aus der Norm gefallen, deswegen lebe ich auch alleine.«

»Ach, Sie sind lesbisch?«

Sie lachte laut auf. »Nein, so war das nicht gemeint. Ich passe nur nicht in dieses vermeintlich normale Bild, Vater, Mutter, zwei Kinder, schönes Haus, geregeltes Leben. Eine Partnerschaft, wie ich sie mir vorstelle, habe ich noch nie finden können. Das liegt aber vermutlich an meiner Vorstellung. Mir ist ein Miteinander auf Augenhöhe wichtig. Liebe ist für mich immer wieder wie ein kompliziertes Experiment und bisher bin ich mehrfach gescheitert. Jetzt lebe ich schon eine ganze Weile alleine. Sich einfach zu verlieben ist nicht wirklich einfach.«

Beide schwiegen sie und es entstand eine peinliche Stille. Josefine Herbst überlegte angestrengt, wie sie das Gespräch wieder in eine etwas unpersönlichere Richtung bewegen könne.

»Sagen Sie, Ihre Kollegin, die redet nicht so gerne, oder?« Er machte schneller den Anfang. »Ist die immer so schweigsam?«

»Frau Janssen? Ja, die spricht nicht viel, aber sie ist schweigend sehr aufmerksam. Ich arbeite schon mehrere Jahre mit ihr zusammen und das war schon immer so. Dadurch bemerkt sie Dinge, die mir im Eifer des Gesprächs entgehen. Sie weiß manchmal in den Ermittlungen schon viel mehr als ich, weil sie etwas gehört hat, was mir gar nicht wichtig erschien. Das ist sehr hilfreich.«

Wie auf das Stichwort kam Jule Janssen aus der hinteren Tür des Hofes.

»Das Frühstück ist fertig«, rief sie laut. »Man wartet auf Sie. Kommen Sie?«

Josefine Herbst und Friedjof Winter machten sich zügig auf den Weg zu den Stufen im Deich, um zum Hof zurückzukehren. Im Esszimmer hatten schon einige der Übernachtungsgäste Platz genommen. Auch der Pastor Onno de Boer war schon früh am Morgen wieder eingetroffen und saß bereits am Tisch. Das Frühstück stand in seiner Üppigkeit dem gestrigen

Abendbrot in nichts nach. Sogar Brötchen waren frisch gebacken worden.

»Nehmt euch reichlich«, forderte Magdalena Paulsen ihre Freunde auf. »Es ist genug da und Essen hält ja bekanntlich Leib und Seele zusammen. Das gilt selbstverständlich auch für Sie«, wandte sie sich an ihre Gäste von der Polizei.

Es schien, als wäre dies ein ganz normaler schöner Morgen nach einer netten Feier. Weder von der Trauerstimmung der Beerdigung noch von der gestrigen Aufregung war noch etwas zu spüren. Kurze Zeit später kamen auch die jungen Leute ins Esszimmer und Lotta Specht machte Anstalten, eine Erklärung abzugeben.

»Mama, Mark und ich haben eine Entscheidung getroffen. Wir werden zusammenleben. Offiziell bin ich die Tochter von Erwin Paulsen und er ist der Sohn von Markus Naumann. Kein Mensch weiß, dass wir Halbgeschwister sind, außer den hier Anwesenden. Wenn wir nicht heiraten und auch keine Kinder bekommen, kann uns das wohl kaum jemand verbieten! «

»Das ist aber doch nicht richtig«, widersprach Magdalena Paulsen.

»Was sagen Sie dazu?«, fragte Lotta Specht direkt Josefine Herbst. Doch Jule Janssen antwortete bereits bevor diese reagieren konnte. »Es ist sogar so, dass niemand Geschwistern verbieten kann zusammen zu leben. Für diese Form der Lebensführung gibt es kein Gesetz, dass Ihnen das untersagen würde.«

»Ob wir uns körperlich näherkommen, geht ja wohl auch niemanden etwas an.«, sagte Mark Naumann. »Da hört sogar die Kontrolle meines, beziehungsweise unseres Vaters auf. Wo ist der überhaupt? Ich vermisse schon seine spitzen Bemerkungen.«

»Als ich nach unten ging, schlief er noch in seinem Zimmer«, antwortete Christiane Naumann. »Er hat gestern Nacht noch eine ganze Flasche Wein geleert. Da ist er sicher noch müde. Aber du hast recht, nun könnte er sich durchaus mal blicken lassen. Alle anderen sind ja schon da. Ich habe übrigens nichts dagegen, wenn ihr zusammenleben wollt. Mir ist das egal. Ihr beide könnt ja schließlich nichts dafür.« Sie konnte sich einen Seitenhieb an ihre Freundin Magdalena nicht verkneifen.

Magdalena Paulsen ignorierte dies und forderte Marianne Bloch auf, Markus Naumann zu wecken. Die Angestellte machte sich sogleich auf den Weg zu den Gästezimmern.

»Ich frage mich die ganze Zeit, ob meine Tochter Lena wohl auch wirklich meine Tochter ist?« Hermann Veits schaute provokativ zu seiner Frau. »Immerhin ist sie auch neun Monate nach einem gemeinsamen Urlaub geboren worden. Johanne, meine Süße, dass du auch auf Markus stehst, weiß ich schon lange! Na, Liebling, willst du noch eine Katze aus dem Sack lassen?«

»Papa, was soll das?« Lena Veits war entsetzt.

Johanne Veits reagierte aggressiv und fauchte ihren Mann an. »Das fragst du dich wirklich? Ich denke, dich interessiert es doch gar nicht. Die Wahrheit ist, dass ich es nicht wissen will. Die Möglichkeit besteht durchaus. Ich habe es aber nie untersuchen lassen!«

»Mama!«, rief Lena Veits verzweifelt. »Das kann doch nicht wahr sein! Was redest du da?«

»Willkommen im Club«, nahm Lotta Specht ihre Freundin in den Arm. »Aber du hast einen entscheidenden Vorteil. Du musstest nicht mit einem Vater zusammenleben, der merkwürdige Neigungen hat. Ich nehme es Markus Naumann wirklich übel, dass er zugelassen hat, dass seine Tochter mit diesem Ersatzvater aufwachsen musste. Deiner ist da doch vergleichsweise harmlos.«

»Was meinen Sie mit merkwürdigen Neigungen?«, fragte Josefine Herbst.

In diesem Augenblick stürzte Marianne Bloch vollkommen aufgelöst ins Zimmer. »Herr Naumann ist tot! Tot, tot, tot!«

Alle sprangen erschrocken auf und drängten in Richtung Diele.

»Halt!«, rief Friedjof Winter. »Niemand geht in das Zimmer! WIR werden nachsehen! Sie bleiben hier! Frau Bloch, zeigen Sie uns den Weg.«

Völlig aufgelöst blieben alle im Esszimmer zurück. Marianne Bloch lief mit zitternden Knien der Polizei voraus. Auf dem Weg zum Gästezimmer der Naumanns telefonierte Friedjof Winter mit seinen Kollegen. »Wir brauchen hier dringend einen Arzt, vermutlich einen Bestatter und die Spurensicherung! Wie weit sind die Räumungsarbeiten?« Er lauschte in sein Telefon. »Ach so, okay, ihr wisst Bescheid.«

»Wie ist die Lage?«, fragte Josefine Herbst.

»Es wird leider noch bis heute Abend dauern, bis der letzte Baum komplett beseitigt ist. Aber meine Kollegen werden vorab alle notwendigen Personen informieren und sich darum kümmern, dass dann sofort die erforderlichen Untersuchungen aufgenommen werden.«

Als sie im Gästezimmer der Naumans ankamen, verteilte Jule Janssen Einweghandschuhe, die sie aus ihrer Umhängetasche holte. Sie sahen sich um.

»Also diese Räumlichkeiten sehen doch um einiges netter aus als unsere Schlafgelegenheit«, bemerkte Friedjof Winter und Josefine Herbst nickte bestätigend.

Die beiden Räume von Christiane Naumann und ihrem Mann lagen direkt nebeneinander und waren durch eine große Flügeltür miteinander verbunden. Beide Zimmer waren aber ebenfalls mit Türen von der Diele aus erreichbar. In jedem Raum befand sich ein überdimensionales Doppelbett aus schwarzem Holz mit seidener grauer Bettwäsche, ein schwerer dunkler

Holzschrank mit Spiegeltüren, ein großer Schreibtischmit Stahlgestell, ein dunkelroter Sessel aus Samt, eine moderne Stehlampe und ein großer Fernseher. Markus Naumann lag in seinem Bett als wenn er schliefe. Josefine Herbst streifte sich die engen Gummihandschuhe über und prüfte den Puls. Sie konnte aber auch schon an der Kälte des Körpers feststellen, dass er schon länger tot war. Irgendwann in der letzten Nacht musste er gestorben sein. Auf dem Nachttisch stand eine Lampe aus weißem Glas mit stählernem Fuß. Darunter lag die Fernbedienung des Fernsehers. Neben der Lampe stand die bereits von Christiane Naumann erwähnte Flasche Wein, zusammen mit einem großen Weinglas. Die Flasche und auch das Glas waren komplett leer. Josefine Herbst hob den Korken auf, der auf dem Fußboden lag und Jule Janssen reichte ihr eine Lupe.

»Sie haben wohl immer das ganze Besteck dabei?«, fragte Friedjof Winter erstaunt.

»Ja, denn man kann nie wissen, was passiert«, konterte Jule Janssen.

»So wie es aussieht ist tatsächlich mit einer heißen Nadel durch den Korken gestochen worden«, erklärte Josefine Herbst. »Das Einstichloch lässt sich neben den Spuren des Korkenziehers noch deutlich erkennen. Das muss mit einer Spritze gemacht worden sein. Allerdings war die Nadel auch etwas dicker. Ich weiß nicht, wofür solche Nadeln verwendet werden. Es ist wirklich merkwürdig, dass seine Frau nichts bemerkt hat. Könnte mir vorstellen, dass er noch um Hilfe gerufen hat. Vielleicht ist es aber auch ein anderes, schneller wirksames Gift gewesen, als bei seinem Freund Erwin Paulsen. Das muss gründlich untersucht werden. In diesem Fall müssen wir aber definitiv davon ausgehen, dass jemand dem Tod nachgeholfen hat und ich bin mir sehr sicher, dass es diesmal wirklich nicht der Tote selbst war. Das war eindeutig Mord.«

Sommer 1967

Das kleine Mädchen neben ihm auf der Straße weinte. »Was ist mit Dele? Wird sie wieder gesund?«

»Klar!«, versuchte er sie zu beruhigen. »Das dumme Ding ist halt einfach auf die Straße gefahren. Da konnte ich nichts machen. Komm, wir beide nehmen die Fahrräder und laufen schon mal ein Stück in Richtung Stadt. Soweit ich mich erinnere, gibt es weiter vorne eine schöne Wiese mit ein paar Bäumen. Da könnten wir warten.«

Er hob das Herrenfahrrad des Vaters auf. Das Mädchen stellte ihr Rad auf den Weg und wartete. Er betrachtete kurz das kleinere Kinderrad und entschied dann, es liegen zu lassen. Damit wäre eh nichts mehr anzufangen gewesen.

»Was ist mit Rad von Dele?«, fragte die Kleine.

»Das ist kaputt!«, antwortete er schroff. »Los komm!«

Sie liefen eine Weile schweigend am Straßenrand entlang. Es kamen ihnen kaum Autos entgegen. In der Mittagshitze blieben die Menschen zuhause im Schatten der Häuser. Nach einer Viertelstunde erreichten sie die Wiese, in die ein kleiner Weg hineinführte.

»Schau, da hinten sind ein paar Bäume und da ist auch eine Bank. Da können wir uns kurz ausruhen«, schlug er vor.

Das Mädchen lief ohne Widerworte und in Gedanken versunken hinter ihm her. Sie weinte immer noch. Unter den Bäumen war es kühler als in der heißen Mittagssonne auf der Straße. Er setzte sich in den Schatten auf die Bank und das Mädchen hockte sich auf die Wiese. Sie ließ immer wieder einige Brocken trockener Erde durch ihre Hände rieseln. Er beobachtete sie. Sie ist niedlich, dachte er. Die blonden kurzen Haare, die großen Augen, so kleine Hände und die schlanken Beine. Er registrierte den kurzen orangenen Strickrock und den gestreiften Pulli. Dann sah er, dass sie einen kleinen bunten Bikini darunter trug. Die Träger lugten oben heraus.

»Ist dir heiß?«, fragte er. »Du könntest deine Sachen ausziehen. Du hast ja noch einen Bikini an.« Er erschrak. Habe ich das tatsächlich gesagt? Versuche ich gerade ein kleines Mädchen dazu zu bewegen sich auszuziehen? Eine Woge der Erregung ging durch seinen Körper. Das Mädchen sah zu ihm hoch.

»Ich mein nur, weil es heute so heiß ist.« Er lächelte sie unbeholfen an. Tatsächlich stand sie auf und zog den Rock und den Pulli aus. Dann legte sie beide Kleidungsstücke neben sich auf den Boden und spielte weiter mit der trockenen Erde. Mit einem kleinen Stock malte sie Bilder in den Boden.

»Dein Bikini ist hübsch.«

»Den hat meine Oma gehäkelt. Du, ich habe Durst.«

»Ja, das kommt, weil es so heiß ist. Dein Bikini ist ja auch noch aus Wolle. Der wärmt dich. Wenn du ihn ausziehst, kannst du dich hier ins kühle Gras unter die Bäume legen. Das hilft gegen Durst und wenn wir gleich weitergehen, dann kaufe ich dir ein Eis in der Stadt, versprochen! Wir ruhen uns nur noch ein bisschen aus und du kühlst dich ein wenig ab.« Eigentlich müsste ich mich abkühlen. Das weiß ich. Es kann doch gar nicht sein, dass mich dieses Kind so erregt. Ich muss damit aufhören!

Sie sah ihn fragend an. »Du wirst mir aber nichts tun, oder?«

Er versuchte sie zu beschwichtigen. »Nein, ganz bestimmt nicht! Es wird dir guttun, glaub mir.«

Sie wird es nicht tun. Er versuchte, sich zu beruhigen und in den Griff zu kriegen. Ich könnte sie niemals zwingen. Dieses Spiel, sie freiwillig dazu zu bewegen, das weckt ein Gefühl, unglaublich stark und erregend. Wo kommt das plötzlich her? Das kenne ich nicht. Wenn sie sich jetzt wirklich auszieht, was dann? Was passiert nur mit mir?

Sie tat es. Ganz frei und ungeniert zog sie sich aus und legte sich mit dem Bauch ins kühle Gras. Vermutlich ging man bei ihr zuhause sehr freizügig mit der Körperlichkeit um. »Das kitzelt ein bisschen«, sagte sie lächelnd. »Aber es ist wirklich schön kühl.«

»Dann bleib doch einfach ein bisschen so liegen. Wenn du die Arme und Beine ausbreitest, kannst du richtig abkühlen. Wie beim Hampelmann, das kennst du doch, oder?«

»Klar«, sagte sie und spreizte direkt vor ihm ihre Beine auseinander. Abwechselnd schlug sie nun den linken und rechten Unterschenkel ab der Kniekehle nach oben. Den Kopf legte sie auf ihre vor sich verschränkten Arme. »Hier sind ganz viele Ameisen«, bemerkte sie und schien sich zu entspannen. Fast berührten ihre Fußsohlen bei der Bewegung den zierlichen runden Po. »Wie lange muss ich denn so liegen, um richtig abzukühlen?«, fragte sie nach einer kurzen Weile.

Er war nicht mehr in der Lage zu antworten. Wie im Rausch hatte er seine Hose geöffnet und befriedigte die Lust, die ihn schier zu überrollen drohte. So heftig hatte er seine Erregung noch nie gespürt. Er hatte komplett die Kontrolle verloren und begann laut zu stöhnen. Sie drehte sich zu ihm um.

»Was tust du da? Ich will zu meiner Mama!« Sie war ängstlich aufgesprungen.

In dem Augenblick erlebte er den heftigsten Orgasmus seines bisherigen Lebens. Das Mädchen starrte ihn entsetzt an und wandte dann geekelt den Kopf ab. Sie zog blitzschnell ihre Kleidung an, lief zum Fahrrad und schob es auf den Weg.

»Warte!«, rief er schwer atmend. »Warte kurz, ich bringe dich jetzt zur Stadt und du bekommst dein Eis.«

Sie schob ihr Fahrrad über den schmalen Weg und weinte bitterlich. »Ich will gar kein Eis! Ich will nach Hause!«

Der Mann rief immer noch laut hinter ihr her, dass sie warten solle. Sie war ihm nun schon einige Meter voraus und er brauchte anscheinend etwas Zeit, um sie mit dem Fahrrad ihres Vaters zu erreichen. Sie hielt an, wischte sich die Tränen ab und wartete. Ihre Eltern hätten ihr ohnehin nicht erlaubt, alleine auf der Hauptstraße zu fahren.

»Es tut mir leid«, sagte er, als er hinter ihr vom Rad abstieg. »Ich wollte dich nicht erschrecken. Du hättest dich nur nicht umdrehen sollen, dummes Ding!«

»Ich will jetzt nach Hause! Wirst du mich nun dort hinbringen? Ich darf nicht alleine durch die Stadt fahren.«

»Ja, das mache ich«, antwortete er verlegen. »Wir werden aber laufen müssen, ich kann auf dem Rad deines Vaters nicht gut fahren.«

Ihr war es inzwischen ganz gleich, ob sie denn fahren dürfte oder laufen müsste. Sie wollte nur nach Hause kommen, also schob sie ihr Rad. Schweigend erreichten sie kurze Zeit später die Hauptstraße und liefen dort gegen den Verkehr in Richtung Emder Bahnhof.

»Wirst du es verraten?«, fragte er vorsichtig.

»Nein.«

»Sie würden dir auch sowieso nicht glauben. Außerdem haben deine Eltern sicherlich im Moment ganz andere Sorgen.« Was er nicht wissen konnte, war ihre Befürchtung, dass ihre Eltern sie für den Fehler, den sie begangen hatte, bestrafen würden. Sie war leichtsinnig gewesen. Aber ihr Vater hatte sie doch mit dem Mann zurückgelassen. Deswegen hatte sie sich sicher gefühlt. Ihre Mutter hatte ihr immer gesagt, dass sie nicht mit fremden Männern mitgehen dürfe. Aber was hätte sie tun sollen? Sie hatte längst entschieden, dass sie nichts sagen würde. Es war ihr Fehler gewesen.

»Sag mal, wie heißt du eigentlich?« Er versuchte unbekümmert zu tun, um der Situation eine Normalität zu geben.

»Das sage ich dir nicht!«

»Aber vielleicht magst du mir sagen, ob du ein Lieblingsbuch hast?«

»Die Kinder aus der Krachmacherstraße mit Lotta und den anderen, aber ich will nicht mit dir reden!«

»Wo müssen wir denn eigentlich hin?«

»In die Neutorstraße. Wir wohnen ganz am Ende.«

»Oh, das ist aber noch ein gutes Stück! Wollen wir uns dann nicht doch ein wenig unterhalten?«

Sie antwortete nicht mehr und schwieg einfach.

»Ich kenne ein schönes Lied.« Er gab nicht auf. »Soll ich es dir einmal vorsingen?«

Sie reagierte nicht. Er begann trotzdem laut zu singen.

Dat Swien word slacht,

dat Swien word slacht

uns heele Dörp is all versmacht

Wi slacht dat Swien,

wi slacht dat Swien

denn gifft dat Braden un ok Wien!

»Wie gemein«, schimpfte sie. »Das arme Schwein!«

»Hey, das reimt sich auch!« Er lachte unsicher.

Inzwischen waren sie schon an der Schrebergartensiedlung vorbeigelaufen und erreichten den Stadtrand
und das Ende der Hauptstraße. Auf einmal erblickte
sie ihre Großeltern, die auf der gegenüberliegenden
Straßenseite mit dem Rad gerade über den Bahnüber-
gang fuhren. »Oma« rief sie. »Oma, warte! Oma!«

Die Großeltern stiegen von ihren Fahrrädern ab und
schauten erstaunt hinter sich über die Straße. Sie wollte
sofort losstürmen, aber er hielt blitzschnell ihr Rad am
Gepäckträger fest. »Vorsichtig!«, rief er. »Hier fahren
Autos. Du willst doch nicht einfach so über die Straße
laufen?«

Am Stadtrand war der Straßenverkehr schon dich-
ter als weiter draußen und so musste sie noch warten,
bis sie endlich zusammen mit dem Mann die Straße
überqueren konnte. Auf der anderen Seite ließ sie ihr
Fahrrad fallen und lief ihrer Oma in die Arme. Noch
bevor die Großmutter überhaupt etwas sagen konnte,
platzte es aus ihr heraus. »Dele hatte einen Unfall. Papa

ist mit ihr zum Krankenhaus. Ich sollte hier warten, bis er wiederkommt. Aber ich will nach Hause, Oma!«

»Die Kleine ist mit dem Fahrrad vor unser Auto gefahren. Wir hatten keine Möglichkeit auszuweichen. Das ging alles sehr schnell. Meine Freunde haben den Vater mit dem Kind zum Krankenhaus gefahren.«

»Wie schlimm ist es denn?«, fragte die Großmutter erschrocken.

»Nun ja, sie war nicht bei Bewusstsein.«

»Oh mein Gott!« Die Großmutter war erschüttert. »Komm Kleines, wir bringen dich jetzt sofort nach Hause.« Sie gab dem Mann die Hand. »Danke, dass Sie auf sie aufgepasst haben!«

»Ich nehme Ihnen das Rad meines Sohnes ab«, sagte der Großvater. »Wir werden laufen.«

Der Mann blieb einfach stumm stehen. Sie fühlte sich jetzt wieder sicher und lief gemeinsam mit ihren Großeltern durch die belebte sonnige Innenstadt nach Hause. Immer wieder erzählte sie, dass Dele einfach nach links gefahren war, obwohl sie doch nach rechts fahren sollte. Die Großeltern waren sehr ernst. Kurz bevor sie bei ihrem Zuhause ankamen, nahm die Großmutter sie beiseite und sagte ihr, dass sie am besten gleich in ihr Kinderzimmer ginge. Oma und Opa müssten ganz in Ruhe mit ihrer Mutter reden. Deshalb schoben sie sie auch direkt in ihr Zimmer, nachdem die

Mutter nach dem Klingeln fröhlich die Haustür geöffnet hatte. Es war klar, die Mutter hatte ihren Mann mit den beiden Töchtern erwartet.

Da stand sie verloren in dem Kinderzimmer, das Dele und ihr gehörte. Zwei gleiche Betten befanden sich hintereinander an der einen Wand und in der Ecke stand ein Kleiderschrank für beide. Auf dem Fußboden lagen Malbücher, Stifte und einige Legosteine, aus denen sie immer zusammen Häuser bauten. Sie kletterte über den Stuhl, auf den kleinen Küchentisch, der vor dem Fenster stand. Hier machte sie immer Schulaufgaben. Aber jetzt waren ja Ferien. Dann setzte sie sich auf die breite Fensterbank hinter dem Tisch, schob die Gardine beiseite und blickte auf die Straße, wo selbst an einem Sonntag noch viele Menschen unterwegs waren. Aus der Wohnung hörte sie jetzt die Mutter schreien und weinen. Sie hielt sich die Hände auf die Ohren, aber sie konnte sie immer noch hören. Irgendwann kletterte sie wieder herunter, legte sich in ihr Bett, nahm ihren kleinen, weichen Stoffelefanten *Eli* in den Arm und zog sich die Decke über den Kopf. Hier war es ganz ruhig und so schlief sie ein. Es dämmerte schon, als sie wach wurde, weil sie ganz nötig zur Toilette musste. Sie stand auf und öffnete vorsichtig die Tür ihres Zimmers. Alle waren in der Küche. Auch die Stimme ihres Vaters konnte sie hören. Ihre Mutter weinte immer noch. Sie ging zur Toilette und lief dann durch den kurzen Flur zur Küche. Langsam drückte sie die Klinke herunter und lugte durch den Türspalt. Ihre Großmutter sah sie, sprang auf und bugsierte sie wieder in den Flur. »Du musst jetzt ganz lieb sein und schön in deinem Zimmer bleiben.«

»Aber ich habe Durst und Hunger.«

»Warte, ich hole dir etwas.« Die Großmutter ging wieder in die Küche und kam mit einem Orangengetränk in einer Dreieckstüte mit Strohhalm und einigen Keksen wieder zurück. Dann schob die Großmutter sie wieder in ihr Zimmer.

»Wie lange muss ich hierbleiben, Omi?«

»Es ist schon Abend, du kannst später einfach zu Bett gehen. Morgen sieht die Welt schon wieder anders aus. Schlaf gut, Kleines!«

Und schon war die Tür wieder zu. Zuerst aß und trank sie etwas. Dann nahm sie sich Zettel und Stifte und malte ein wenig. Sie erinnerte sich an den Ausflug auf die Insel, die die ganze Familie gemeinsam vor zwei Tagen unternommen hatte. Wie schön war es gewesen, im Sand zu spielen, am Strand herumzulaufen und mit den Füßen im kalten Wasser zu sein. Ach und erst die Fähre, das war aufregend gewesen. Dele hatte Angst gehabt vor dem großen Schiff. Sie malte das blaue Wasser und ein großes weißes Schiff. Das Bild sollte für Dele sein. Sie würde es ihren Eltern mitgeben ins Krankenhaus. Als sie das Bild fertig hatte, legte sie sich auf ihr Bett und nahm ihr Buch, in dem sie gerade las. Die Kinder aus der Krachmacherstraße. Ihr fiel der

Mann wieder ein und schon schossen ihr die Tränen in die Augen. »Eli, das war ganz schrecklich heute.« Sie drückte sich an ihr Stofftier. »Es war sogar so schrecklich, dass ich es auch dir nicht erzählen kann. Musst nicht böse sein.«

Draußen wurde es dunkel, aber da sie schon den ganzen Nachmittag verschlafen hatte, wurde sie nicht müde. Deshalb nahm sie sich ihre Decke und kletterte damit wieder auf den Küchentisch. Dort rollte sie sich zusammen und schaute eine ganze Weile aus dem Fenster in den sternenklaren Himmel.

»Lieber Gott«, betete sie. »Mach, dass Dele ganz schnell wieder gesund wird, dass ich zur Mama kann und dass ich den Mann vergesse.« Dann fielen ihr doch die Augen zu und sie schlief auf dem Tisch ein.

Am nächsten Morgen wurde sie durch die Klingel der Wohnung geweckt. Sie lauschte. Ihr Vater ließ wohl den Doktor ins Haus. Sie erkannte die Stimme des Hausarztes, bei dem sie schon häufiger gewesen war. Es war schon hell. Schnell kletterte sie vom Tisch und lief zur Toilette. Als sie dort wieder herauskam, konnte sie sehen, dass der Arzt ihrer Mutter in der Küche eine Spritze gab.

»Papa? Was ist los?« Ihr Vater kam zu ihr. »Adele ist tot«, sagte er traurig. »Sie ist gestorben heute Nacht. Mama geht es ganz schlecht. Du musst noch ein bisschen in deinem Zimmer bleiben. Wenn Oma nachher wiederkommt, dann macht sie dir eine Milchsuppe.«

»Was ist das, tot?« Sie sah ihren Vater ungläubig an.

»Tot bedeutet, dass sie nie mehr wieder zurück-kommt. Sie hat uns verlassen und ist für immer fort.«

Herbst 2005

»Bitte versuchen Sie doch sich zu beruhigen, meine Herrschaften!« Friedjof Winter wurde lauter, um wieder Ruhe in den Raum zu bekommen. Die Stimmung war eskaliert, nachdem Josefine Herbst vorsichtig den Anwesenden ihre Vermutung mitgeteilt hatte, dass es sich bei dem Tod von Markus Naumann tatsächlich um Mord handeln könnte. »Die absolute Klarheit wird uns erst die Untersuchung liefern«, versuchte auch sie die Anwesenden zu beschwichtigen.

»Wie soll ich mich denn beruhigen?« Christiane Naumann weinte. »Im Nebenzimmer stirbt mein Mann und ich bekomme nichts davon mit?«

»Sie haben also nichts bemerkt?«, fragte Josefine Herbst. »Haben Sie keine Geräusche gehört?«

»Nein, nichts«, beschwor Christiane Naumann. »Er hat noch ferngesehen und seinen Wein getrunken. Alles war ganz normal, wie immer. Dann habe ich geschlafen. Wie ist es bloß möglich?«

»Wie spät war das ungefähr?«, hakte Josefine Herbst nach.

»Gegen elf haben wir uns hingelegt und eine Stunde später bin ich eingeschlafen, würde ich sagen. Heute Morgen habe ich geduscht und habe dann herübergerufen, dass es Zeit ist aufzustehen. Oh mein Gott! Da habe ich schon mit einem Toten geredet. Ich bin ahnungslos zu den anderen heruntergegangen und habe überhaupt nichts gemerkt.« Sie schluchzte in ihr Taschentuch.

»Haben Sie sich denn nicht gewundert, dass er nicht antwortet?«, fragte Friedjof Winter ungläubig.

»Nein, das war doch nicht ungewöhnlich.« Christiane Naumann schüttelte mit dem Kopf. »Mein Mann hat oft nicht reagiert, wenn ich etwas gesagt habe.«

»Wo wird denn eigentlich der Wein gelagert?«, fragte Josefine Herbst.

»In der Küche im Weinregal«, antwortete Magdalena Paulsen. »Aber der Wein von Markus ist nicht von mir! Den bringt er immer aus Hamburg mit, extra nur für sich. Wir anderen trinken den gar nicht.«

»Frau Bloch, ich würde mir gerne die Flaschen ansehen«, wandte sich Friedjof Winter an die Hausangestellte. »Frau Janssen, kann ich Ihre Lupe nochmal haben?«

»Gerne«, antwortete Jule Janssen und reichte ihm ein weiteres Paar Einweghandschuhe. »Bloß wegen der Fingerabdrücke!«

»Verstehe«, sagte er und ging mit Marianne Bloch in die Küche.

»Wann können wir gehen?«, fragte Hermann Veits aufgeregt. »Wir sind hier doch unseres Lebens nicht mehr sicher! Wer weiß, was noch alles vergiftet wurde.«

»Du hast recht!«, ereiferte sich seine Frau. »Wir müssen dringend hier weg.«

»Es tut mir leid«, erklärte Josefine Herbst. »Es wird noch bis heute Abend dauern, bis die Straße wieder befahrbar ist. Dann dürfen Sie selbstverständlich den Hof verlassen. Aber, ich bitte Sie, bleiben Sie in der Stadt. Im Moment wissen wir noch nicht, ob die Flasche schon vorher präpariert war, oder ob das hier vor Ort gemacht wurde. Im zweiten Fall sind Sie alle erstmal verdächtig. Dann wäre es gut, wenn Sie zu den Befragungen noch vor Ort sind.«

Sofort wurde es wieder laut im Raum. Alle waren entsetzt wegen der Anschuldigung. Mitten in das Durcheinander kam Friedjof Winter zurück und nickte seiner Kollegin zu.

»Ruhe bitte!« Josefine Herbst klatschte energisch in die Hände. »Was nun Ihre Befürchtungen angeht, es wäre womöglich alles vergiftet, so glaube ich nicht, dass hier willkürlich vorgegangen wurde. Der Anschlag war schon gezielt für Herrn Naumann bestimmt. Um aber ganz sicher zu gehen, dass Ihnen nichts passiert, bleiben Sie einfach immer in Gruppen zusammen, so kontrollieren Sie sich gegenseitig und niemand kann heimlich jemanden vergiften.«

»Sehr witzig!«, kommentierte Hermann Veits.

»Gehen Sie denn nun davon aus, dass Erwin auch ermordet wurde?«, fragte Onno de Boer.

93

»Den Rückschluss könnte man ziehen«, räumte Josefine Herbst ein. »Aber, ehrlich gesagt fehlt mir bisher ein Motiv für einen Mord an beiden. Was hatten Erwin Paulsen und Markus Naumann gemeinsam, das für einen Täter oder eine Täterin ein möglicher Grund sein könnte? Diese Hintergründe sind noch zu klären. Vielleicht fällt Ihnen ja etwas dazu ein. Sie könnten alle nochmal in sich gehen und überlegen. Wir werden Sie im Laufe des Tages ohnehin noch einzeln befragen. Ich gehe davon aus, dass Sie auch nichts Besseres zu tun haben, oder? Aber bevor ich Sie nun alle in Ihre Räumlichkeiten entlasse, wüsste ich gerne von Frau Specht, was sie mit der merkwürdigen Neigung ihres Vaters gemeint hat. Frau Specht, Sie können es mir gerne unter vier Augen sagen, falls es Ihnen unangenehm ist.«

»Lotta, ich bitte dich«, flehte Magdalena Paulsen ihre Tochter an. »Man soll nicht schlecht über Tote sprechen. «

»Mami, du kannst doch jetzt endlich damit aufhören, schützend die Hände über ihn zu halten. Das hast du schon lange genug getan.« Sie wandte sich an Josefine Herbst. »Wissen Sie, mein Vater, oder besser, der Mann, den ich immer dafür gehalten habe, war zwar kein Monster und er hat mich auch nicht handgreiflich missbraucht, aber er war ganz sicher pädophil. Er brauchte es, nackte kleine Mädchen anzuschauen, um erregt zu werden.«

Magdalena Paulsen brach zusammen. »Das stimmt doch nicht. Kind, wie kannst du so etwas sagen?«

»Mensch Mami, hast du es wirklich nicht gewusst? Er hat mich zwar nie angefasst, aber ständig nackt fotografiert. Dazu musste ich auch manchmal im Sitzen die Beine spreizen. Ich habe mir als Kind überhaupt nichts dabei gedacht. Er sagte mir immer, ich sei sein Lieblingsmodel. Wenn meine Freundinnen mir nicht später gesagt hätten, dass das nicht normal ist, wäre es mir nie so vorgekommen.«

»Habt ihr das etwa auch gewusst?« Johanne Veits fauchte ihren Mann und Onno de Boer an. »Wir haben Lena als Kind immer hierher geschickt in den Ferien. Um Gottes Willen, Lena, Schatz, hat er dich auch fotografiert?«

»Ach, Mama.« Lena Veits zuckte mit den Schultern. »Klar, er hat uns im Swimmingpool fotografiert, beim Duschen mit dem Wasserschlauch, beim Zubettgehen. Ich kenne Onkel Erwin nur mit der Kamera. Seid ihr nicht sogar manchmal dabei gewesen? Ab und zu hat er uns in der Badewanne mit dem Waschlappen gewaschen. Aber auch dabei hätte sich niemand von euch etwas gedacht. Als Lotta und ich älter wurden, da haben wir darüber gesprochen. Aber wer von euch hätte die Harmlosigkeit in Frage gestellt? Erst als Lotta ins Internat kam, da war es auch für mich glücklicherweise vorbei.«

»Was für ein Wahnsinn!« Johanne Veits schlug mit der Hand auf den Glastisch. »Ich habe nichts gemerkt und nichts geahnt! Aber du hast es doch bestimmt gewusst, oder?«, fragte sie wütend ihren Mann. »Ihr hattet doch nie Geheimnisse voreinander!«

»Der Erwin war ein armer Wichser.« Hermann Veits blieb gelassen. »Und das im wahrsten Sinne des Wortes. Der hätte doch keiner Fliege etwas zu Leide getan. Du hast es doch gehört, er hat die Mädchen nicht einmal angefasst.«

»Wie du über ihn redest!«, ereiferte sich Magdalena Paulsen. »Er war dein Freund und du ziehst ihn so in den Schmutz. Ich bin sicher, die Kinder haben nicht gelitten. Wirklich, ich wusste es nicht. Aber ich habe gemerkt, dass es ihm wegen irgendetwas schlecht ging. Er hat es nie zugegeben, wenn ich ihn gefragt habe. Mir hat er nichts gesagt. Er hat bestimmt immer wieder versucht, dagegen anzugehen. Aber das hat er eben nicht geschafft.«

»Es tut mir leid«, sagte Josefine Herbst. »Aber auch diese Form, die Sie vergleichsweise harmlos darstellen, ist ein Missbrauch und hinterlässt Spuren auf der Seele des Kindes. Spätestens dann, wenn das Kind heranreift und die Sachlage ganz anders beurteilen kann. Dann denkt ein Kind darüber nach, ob es womöglich schuld ist und es schämt sich für das, was da passiert ist. Obwohl es zu keiner Zeit für die Handlungen verantwortlich ist. Wie sich das im späteren Leben auswirkt, vor allem wenn es nicht verarbeitet wurde, lässt sich gar nicht einschätzen. Durch Ihre Duldung, die Sie mit Harmlosigkeit entschuldigen, haben Sie sich mit strafbar gemacht an den Kindern.«

Die Freunde schwiegen betreten und blickten zu Boden.

Onno de Boer ergriff das Wort. »Es tut mir so unendlich leid, liebe Lotta, liebe Lena. Ich habe meinen Freund Erwin immer wieder aufgefordert, sich selbst anzuzeigen. Als du ihn damals bei der Polizei gemeldet hast, Lotta, da habe ich so sehr gehofft, er würde die Chance ergreifen und reinen Tisch machen. Hat er leider nicht.« Der Pastor schwieg betroffen. Dann schaute er in die Runde. »Aber, liebe Magdalena, das lag auch daran, dass er dir damit deine heile Welt zerstört hätte. Du wolltest es doch gar nicht wissen. Diese Illusion der glücklichen Familie war schließlich schon immer alles für dich. Hättest du sie wirklich aufgeben wollen? Das gilt im Übrigen auch für uns alle. Hätten wir unsere schöne Welt der großen Freundschaft realistisch sehen wollen?«

Es wurde still im Raum. Niemand wusste noch etwas zu sagen.

»Hat Ihr Mann vielleicht einen PC, auf dem er die Bilder speicherte?«, unterbrach Friedjof Winter etwas unsensibel die Stille. »Ich wüsste wirklich gerne, ob es noch weitere Kinder gibt.«

»Der Rechner steht in seinem Büro«, sagte Mark Naumann. » Ich habe schon nachgesehen. Es gibt noch unendlich viele Bilder.«

»Du hast nachgesehen?«, fragte Lotta Specht aufgebracht. »Warum um alles in der Welt?«

»Ich habe mir die gleiche Frage gestellt wie der Polizist. Ob noch andere Kinder betroffen sind und ob sie vielleicht sogar noch schlimmere Dinge erlebten. Es gibt Bilder von anderen Kindern hier im Garten. Das müssen die sein, die hier Urlaub gemacht haben. Praktisch für einen Pädophilen, so eine Kinder- und Jugendfreizeitstätte einzurichten, finde ich. Es sind Bilder dabei, da denke ich, er hat sie nicht selbst gemacht. Die hat er sich wohl irgendwo gekauft. Ich hoffe nur, er hat eure nicht verkauft!«

Lotta Specht und Lena Veits erschraken. »Glaubst du, das hat er wirklich getan?« Lotta Specht war den Tränen nah.

»Niemals!«, sagte Magdalena Paulsen. »Das hat er niemals getan. Er hat dich so sehr geliebt«

»Das klingt jetzt aber irgendwie komisch«, grinste Hermann Veits.

»Trottel!«, kommentierte seine Frau.

»Liebe Frau Kommissarin«, wandte sich Christiane Naumann an Josefine Herbst. »Das ist ja alles ganz furchtbar. Es könnte wirklich sein, dass sich Erwin deswegen umgebracht hat. Es könnte aber auch sein, dass irgendeines der anderen Kinder ihn umgebracht hat.

Die sind ja jetzt auch schon Erwachsene. Aber ich frage mich die ganze Zeit, was das mit meinem Mann Markus zu tun hat? Warum wurde er quasi vor meinen Augen vergiftet? Hat er dabei etwa mitgemacht?«

»Sie haben recht«, bestätigte Josefine Herbst. »Genau das frage ich mich auch!«

Das Büro von Erwin Paulsen bot ein Bild des Chaos. Überall lagen Aktenordner und Zeitschriften von Oldtimermodellen herum. Gemälde lehnten an den wenigen freien Wandflächen. Deckenhoch standen volle Bücherregale im gesamten Raum. Alles vollkommen unsortiert. Trivialromane neben Sammlungen von Antiquariatsbüchern. Auf dem riesigen Schreibtisch aus Eichenholz standen Fotos. Josefine Herbst betrachtete sie. Bilder seiner eigenen Hochzeit, Kinderbilder von Lotta Specht, ein Portrait seiner Frau und ein Hochzeitsfoto seiner Tochter.

»Ich durfte hier nie aufräumen«, entschuldigte sich Magdalena Paulsen für die Unordnung. »Hier ist alles noch genauso, wie es schon zu Zeiten von Erwins Vater ausgesehen hat. Die Bücher hat mein Mann nie gelesen. Benötigen Sie mich noch?«

»Nein, nein, wir kommen schon sehr gut allein zurecht.« Jule Janssen schob Frau Paulsen sanft aus dem Zimmer, während Josefine Herbst und Friedjof Winter sich genauer in dem Raum umsahen. Sie ging zurück zum Schreibtisch und fuhr den Rechner hoch.

»Schauen Sie mal.« Josefine Herbst nahm ein weiteres Hochzeitsfoto der Tochter aus dem Regal und hielt es Friedjof Winter hin. »Der Roland Specht passt optisch doch sehr gut zu Lotta, finden Sie nicht? Auf diesem Bild sieht sie auch sehr glücklich aus. Da werde ich nochmal nachfragen, welche Gründe zur Trennung führten.«

»Sie meinen, das hat vielleicht etwas mit ihrer Vergangenheit zu tun?«, fragte Friedjof Winter. »Sorry, ich kann leider nicht sehen, ob ein Paar optisch zusammenpasst. Das ist doch auch kein Garant dafür, dass es funktioniert, oder.«

»Alles, was wir heute tun, ist das Ergebnis unserer Vergangenheit«, antwortete Jule Janssen.

»Genau«, bestätigte Josefine Herbst. »Selbst, wenn wir uns entschließen, etwas völlig anders zu machen als vorher, tun wir dies, um die Wirkung des Vergangenen für die Zukunft zu ändern. Wir können nicht handeln, ohne einen Bezug zu unserer Erfahrung.«

»Das könnte gut möglich sein«, überlegte er. »Dies gilt ja sogar auch für Völker und deren Geschichte. Die Vergangenheit lässt sich nicht mehr ändern, aber wir versuchen daraus zu lernen.«

»Ja, wir sollten es immer wieder versuchen.« Josefine Herbst nickte. Wäre auch gut, wenn Westdeutschland die Erfahrungen von Ostdeutschland im Blick hätte, wenn es die Menschen dort beurteilt, dachte sie.

»Manchmal ist es doch aber auch die Zukunft, die unser Handeln bestimmt«, warf Jule Janssen ein. »Weil wir zum Beispiel Angst vor etwas haben, das wir erwarten, oder weil wir zukünftig etwas erreichen wollen.«

»Auch richtig!« Josefine Herbst überlegte. »In klugen Sprüchen steht immer, dass wir in der Gegenwart leben sollen. Dabei ist die Gegenwart doch meistens gefüllt mit Aufstehen, Frühstücken, Arbeiten, Essen, Sport oder Gammeln und Schlafengehen. Wirklich richtungsweisende Entscheidungen im Jetzt treffen wir doch aufgrund unserer Erlebnisse in der Vergangenheit oder unserer Erwartungen für die Zukunft. Es hängt alles zusammen.«

»Ist das jetzt Philosophie?«, fragte Friedjof Winter belustigt.

»Vielleicht«, Josefine Herbst schmunzelte. »Aber auf jeden Fall ist es meine Arbeit. Ein Mord steht immer am Ende eines längeren Leidens. Niemand entscheidet spontan aus einer Laune heraus, einen Mord zu begehen. Für uns ist genau das die Suche nach dem Motiv.«

»Aber es wird auch häufig wegen Geldes gemordet? Das ist kein Leidensweg«, überlegte Friedjof Winter.

»Doch, Geldgier ist mit Sicherheit auch ein Leiden«, widersprach Josefine Herbst.

»Was ist denn eigentlich mit den Erben?«, griff Friedjof Winter das Stichwort auf. »Sowohl Erwin Paulsen als auch Markus Naumann sind sehr vermögend.« Er hatte sich im Schneidersitz auf den Fußboden aus Holzdielen gesetzt und blätterte in den Bankunterlagen in einem der vielen Aktenordner.

»Bei Erwin Paulsen können wir Geld als Motiv weitestgehend ausschließen, denke ich, sowohl die Mutter, als auch die Tochter, die die einzigen Erben sind, waren zum Zeitpunkt seines Todes nicht vor Ort.« Josefine Herbst untersuchte die Schubladen einer großen Kommode. Sie war überrascht, dass sich nur einige lose Notizzettel darin befanden. »So viel ungenutzter Platz«, schüttelte sie mit dem Kopf.

»Es sei denn, er hätte vorgehabt, sein Geld neuerdings einer sozialen Einrichtung zu vermachen«, kommentierte Jule Janssen. »Das könnten Ihre Kollegen vielleicht schon mal klären, Herr Winter. Dann hätten Mutter und Tochter nämlich doch ein Motiv.«

»Sehr richtig«, bestätigte Friedjof Winter. »Ich werde den Auftrag zur Recherche erteilen.«

»Bei Markus Naumann sieht das anders aus«, fuhr Josefine Herbst fort, während sie den Inhalt einiger Schuhkartons begutachtete. » Seine beiden Erben, Mutter und Sohn, waren definitiv vor Ort und hätten entsprechend Gelegenheit gehabt, ihn umzubringen. Allerdings fehlt mir dann wieder der Zusammenhang zwischen beiden Todesfällen.«

»Vielleicht gibt es ja gar keinen.« Friedjof Winter telefonierte kurz mit seinen Kollegen, um Anweisungen zu einer umfangreichen Untersuchung der Vermögenslagen der beiden Toten zu geben.

»Trittbrettfahrer? Eher unwahrscheinlich«, überlegte Josefine Herbst. Sie betrachtete einige unbeschriftete Postkarten aus diversen Urlaubsorten. »Was war Erwin Paulsen für ein Mensch?«

»Ein sehr unsortierter«, sagte Jule Janssen. »Der Rechner ist tatsächlich nicht passwortgesichert. Die Ordnerstruktur im Rechner entspricht der Unordnung dieses Raumes. Ich habe ein bisschen suchen müssen, um das Verzeichnis mit den Bildern zu finden. Abgelegt sind sie unter dem Stichwort *Sonstiges*. Die anderen Ordner heißen Berufliches, Privates, Wichtiges, Schönes, Erinnerungen, Spaß und noch mehr solcher obskuren Bezeichnungen. Unter Sonstiges habe ich selbstverständlich zuletzt nachgesehen. Die Fotos in dem Ordner sind ohne Schwierigkeiten zu öffnen. Das sind mehrere hundert Stück. Es ist so, wie Mark Naumann gesagt hat, die meisten sehen aus wie Bilder aus fröhlichen Kindertagen. Aber es sind auch welche mit sehr fragwürdigen Darstellungen dabei. Schauen Sie mal.«

»Das kann ich mir nicht ansehen«, wandte sich Friedjof Winter angeekelt ab. »Wie kann man Kinder zu so etwas zwingen. Grausam!«

»Jeder zwanzigste Mann hat pädophile Fantasien«, sagte Jule Janssen. »Das ist schon ein Markt, damit lässt sich viel Geld verdienen.«

»Die Frage ist, hat Erwin Paulsen diese Fotos selbst gemacht, oder hat er sie gekauft?«, überlegte Josefine

Herbst. »Wenn er sie selbst gemacht hat, dann gibt es Frauen, die ein Motiv hätten.«

»Also nach den Dateinamen zu urteilen, sind die gekauft«, erklärte Jule Janssen. »Seine eigenen Fotos hat er nicht umbenannt, die haben als Bezeichnung entweder Scannummern oder die Zahlenreihen der Kamera. Die anderen Bilder haben Titel, die schon den Inhalt beschreiben.«

»Das müssen wir auf jeden Fall an die Kollegen der Sitte weitergeben«, sagte Friedjof Winter. »Die müssen herausfinden, woher diese Bilder stammen.«

»Ja, den Rechner nehmen wir heute Abend mit«, entschied Josefine Herbst. »Und ein paar Ordner mit aktuellen Jahreszahlen auf dem Rückenschild. Vielleicht haben wir Glück und er hat die entsprechenden Rechnungen nicht versteckt, wenn nicht bar bezahlt wurde. Auch einen möglichen Zusammenhang mit Markus Naumann müssen wir untersuchen. Steckt er vielleicht bei den Käufen mit drin? Hat er seinem Freund Adressen besorgt?«

Friedjof Winter hob eine größere hölzerne Schatulle hoch, die auf dem Schreibtisch stand. Sie war mit einem kleinen Vorhängeschloss gesichert. »So etwas macht mich immer neugierig«, sagte er. »Möchte wissen, ob hier irgendwo der Schlüssel deponiert ist. Ich vermute, der ist nicht weit entfernt.«

Alle begannen gründlich zu suchen. Im Schreibtisch, unter der Ablage, unter den Schubläden. Es war kein Schlüssel zu finden.

»Wir werden das Schloss aufbrechen müssen«, meinte Friedjof Winter.

»Nein, das müssen wir nicht«, grinste Josefine Herbst. »Schauen Sie mal, da vorne der kleine Bilderrahmen, eine Karte mit einem Spruch, *Der Schlüssel zum Glück steckt in dir selbst* und jetzt schauen Sie mal genau hin, was darunter mit Tesafilm geklebt ist. Ein kleiner Schlüssel.«

»Glücklicherweise haben Sie Adleraugen«, freute sich Friedjof Winter. Er entfernte den Schlüssel vom Bilderrahmen und öffnete die hölzerne Schatulle.

»Was bedeutet das denn?«, fragte Jule Janssen als sie hineinsahen. »Schon wieder das Kinderbuch *Die Kinder aus der Krachmacherstraße*, dazu eine gepresste Sommerblume, etwas trockene Erde und ein alter Autoschlüssel?«

»Das ist aber mal ein interessantes Rätsel, finden Sie nicht?« Josefine Herbst schaute nacheinander zu ihrer Assistentin und ihrem Kollegen »Aber wir werden es ganz sicher lösen.«

Sommer 1967

Die Hitze der Sommertage hielt weiter an. Auf dem kleinen Emder Friedhof liefen viele Menschen mit Gießkannen zwischen den Gräbern und Wasserkränen hin und her, um die Blumen vorm Vertrocknen zu retten. Der Trauergottesdienst für die kleine Adele Schulz war beendet und die Trauergemeinde stand am Grab. »Nane!«, rief ihr Vater. »Geh vom Rand weg. Du fällst da noch hinein.«

»Ich will nicht, dass Dele da reinkommt!« Sie weinte. »Da ist es so dunkel drin, in dem Loch.«

Die Großmutter kam zu ihr, nahm sie an die Hand und hielt sie fest. »Es geht nicht anders«, sagte sie tröstend. »Es geht wirklich nicht anders, Nane. Das ist so bei einer Beerdigung.«

Noch immer läuteten die Glocken. Ihre Mutter wurde von ihrer anderen Großmutter gestützt. Die beiden Frauen weinten hemmungslos. Auf dem etwas entfernten Weg zwischen den Gräbern standen unendlich viele Menschen. Sie hatten gar nicht alle einen Platz gefunden in der kleinen Kapelle am Friedhof. Viele hatten draußen gewartet, um doch bei der Trauerfeier dabei zu sein und ihre Anteilnahme zu bekunden. Nun wurde der kleine hölzerne Sarg in das Grab herabgelassen. Der Pastor sprach wieder, diesmal von Staub und von Erde.

»Dele ist doch nicht Erde?«, fragte Nane die Großmutter.

»Pst!«, legte diese den Finger auf den Mund und flüsterte. »Wir dürfen jetzt nicht sprechen.«

Ihre Mutter und ihr Vater warfen eine Rose in das Grab und schaufelten ein bisschen Erde hinein. Sie hatten ihr den Teddy von Dele gegeben und gesagt, dass sie ihn in das Grab werfen müsse. Nun gab ihr Vater ihr das Zeichen, dies zu tun.

»Nein, Teddy will da nicht rein!« Sie hielt das Stofftier krampfhaft im Arm. »Ihm ist es da viel zu dunkel und kalt.«

»Nane, der Teddy gehört Adele«, versuchte ihr Vater sie zu überzeugen. »Sie ist doch sonst so alleine.«

»Er will da nicht rein!«, sie schrie jetzt so laut, dass ihre Großmutter versuchte, ihr den Mund zuzuhalten.

»Gib her!« Ihre Mutter riss ihr den Teddy aus dem Arm und warf ihn weinend ins Grab. Nane wurde wütend, schmiss sich auf die Knie und versuchte das Stofftier zu erreichen. Sie schrie unentwegt. »Nein, nein, der arme Teddy!«

Die Großmutter zog sie heftig am Arm wieder hoch und ging eilig mit ihr zusammen vom Grab weg. Sie liefen den langen Schotterweg zurück in Richtung Kapelle.

»Du musst jetzt lieb sein!« redete die Großmutter streng auf Nane ein. »Deiner Mama geht es ganz, ganz schlecht und sie braucht jetzt ein liebes Kind, damit sie wieder fröhlicher wird.«

»Ist sie krank?«, fragte Nane. »Sie hat überhaupt noch nicht mit mir geredet. Immer sitzt sie in der Küche und weint und sie nimmt Tabletten.«

»Dass Adele tot ist, ist sehr schwer für uns alle, aber für deine Mama ist es sicher am schlimmsten.«

Vor der Kapelle sah Nane plötzlich den Mann stehen. Neben ihm die drei anderen aus dem Auto.

»Oma, das sind die Männer von dem Unfall«, sagte Nane aufgeregt. »Ich will da nicht hin.«

»Aber Nane, die tun uns doch nichts«, beruhigte die Großmutter. »Sie wollen nur Anteilnahme zeigen.«

»Mein Beileid«, sprach der Mann die Großmutter an, als sie die Kapelle erreichten und gab ihr die Hand. Dann versuchte er, auch ihr die Hand zu geben. »Na, Kleine«, lächelte er sie an. »Geht es dir gut?«

Sie zog ihre Hände an ihren Körper, senkte den Kopf und antwortete nicht. Auch die anderen Männer sprachen nun der Großmutter ihr Beileid aus. Ihre Oma sagte auch nichts, sah alle nur kurz an, nickte dankend und wollte mit ihr weiterlaufen.

»Warten Sie!«, rief der Mann hinter der Großmutter und Nane her. »Ich habe hier noch etwas für die Familie.« Er lief zu ihnen und gab der Großmutter einen Briefumschlag.

»Es ist sehr nett, dass Sie der Familie persönliche Worte zukommen lassen«, bedankte sich die Großmutter.

»Nein, nein, so ist es nicht«, sagte er etwas zögerlich. »Es ist die Rechnung von der Autoreparatur. Der Vater hat bei der Polizei den Unfall gemeldet und angegeben, dass das Kind schuld war. Mein Wagen musste repariert werden. Man wollte mir aber bei der Polizei die Adresse der Familie nicht geben, nur deshalb bin ich hier.«

»Wie bitte? Sie kommen zur Beerdigung, um die Reparaturrechnung abzugeben? Was denken Sie, was Sie allen damit antun?« Nun liefen auch der Großmutter wieder Tränen die Wange herunter. »Gehen Sie besser, jetzt sofort! Ich werde mich darum kümmern.«

Er winkte betroffen seinen Freunden zu und die vier Männer verließen schnell den Friedhof. Die Großmutter musste sich mit Nane auf eine Bank an der Hausmauer setzen, um sich zu beruhigen. Langsam kam nun auch die Familie zurück zur Kapelle. Nane lief auf ihre Mutter zu.

»Mama, es tut mir leid« Sie wollte die weinende Mutter umarmen.

»Geh weg!« Die Mutter stieß sie von sich. »Warum bist du nur immer so unartig und frech? Dele war viel lieber als du! Warum musste sie sterben? Mein kleiner Sonnenschein, mein ganzes Glück.«

Nane erschrak und zum ersten Mal fühlte sie deutlich, dass es ihrer Mutter lieber gewesen wäre, sie wäre tot.

Herbst 2005

Es war inzwischen Mittag geworden und Marianne Bloch hatte im Esszimmer ein opulentes Mahl vorbereitet. Braten und Fisch, diverse Gemüsesorten, Salate und Beilagen, verschiedene Soßen, es fehlte an nichts. Alle waren anwesend und hatten sich an der großen Tafel zusammengefunden. Die Stimmung war bedrückt. Niemand sprach, das Mittagessen verlief sehr ruhig. Kaum jemand aß mit Appetit. Das meiste blieb liegen.

»Ich hatte alles so gut vorbereitet. Es sollte doch ein angenehmer Aufenthalt für euch werden, im Gedenken an meinen Mann Erwin. Und jetzt so etwas. Ich kann mir überhaupt nicht vorstellen, dass jemand von uns eine Mörderin oder ein Mörder ist.« Magdalena Paulsen sprach mit zittriger Stimme. »Ihr könnt das doch nicht wirklich glauben! Die Flaschen von Markus müssen schon in Hamburg von irgendeiner seiner verrückten Geliebten präpariert worden sein. Ihr werdet sehen, das wird die Untersuchung ergeben.«

»Und Erwin?«, fragte Johanne Veits. »Ist der auch von einer verrückten Geliebten umgebracht worden? Oder hat er es tatsächlich selbst gemacht? Es wäre doch ein unglaublicher Zufall, wenn innerhalb von vier Wochen zwei Freunde auf unnatürliche Weise zu Tode kommen und das hätte nichts miteinander zu tun.«

»Ich frage mich, wer von euch Markus so sehr ge-
hasst haben muss, um ihm das anzutun?«, weinte
Christiane Naumann. »Die besten Freunde. Ich verstehe das überhaupt nicht!«

»Wieso soll es denn einer von uns gewesen sein?«,
fragte Magdalena Paulsen entrüstet. »Du gehörst genauso zum Kreis der Verdächtigen und ich habe doch
gerade schon gesagt, es war bestimmt eine Geliebte aus
Hamburg.«

»Vielleicht solltet ihr die Ermittlungen einfach der
Polizei überlassen«, sagte Mark Naumann. »Das sind
alles nur Spekulationen und wir wissen es eben nicht.«

»Ja, genau Mama«, versuchte auch Lotta Specht ihre
Mutter zu beruhigen. »Es wird sich schon alles aufklären.«

»Aufklären?« Magdalena Paulsen sah ihre Tochter
ungläubig an. »Kannst du mich mal aufklären, was
nun mit Roland werden soll und was das für eine absurde Idee ist, mit Mark leben zu wollen? Ich habe das
Gefühl, hier klärt sich nichts auf, hier verdunkelt sich
alles immer mehr.«

»Roland weiß doch längst über alles Bescheid,
Mama. Er akzeptiert meine Entscheidung. Wir waren
ohnehin nie glücklich. Ich konnte ihm gar keine gute
Frau sein und er hat Besseres verdient.«

Lena Veits stand auf. »Verflucht, ihr seid vielleicht
eine verlogene Gesellschaft! Über zwanzig Jahre spielt
ihr die heile Welt. Dabei ist einer von euch krank im

Kopf und ein anderer der Vater von allen Kindern. Ich will gar nicht mehr wissen, was mit dem Pastor los ist, der schon ewig ohne Sex lebt. Wann können wir endlich hier weg? Ich halte es hier keine Sekunde länger aus.« Sie rannte aus dem Raum. Lotta Specht und Mark Naumann liefen ihr hinterher.

»Die beruhigt sich wieder«, kommentierte Hermann Veits. »Die ist ganz die Mama!«

Bevor Johanne Veits reagieren konnte, kam Marianne Bloch ins Esszimmer und fragte, ob sie abräumen dürfe. Magdalena Paulsen stimmte zu und so wurden nach und nach die immensen Essensreste und das kaum benutzte Geschirr wieder in die Küche gebracht. Gleichzeitig präparierte Jule Janssen auf dem hinteren Teil des Tisches das Aufnahmegerät, für die Einzelverhöre.

»Wir müssen uns eine sinnvolle Reihenfolge überlegen«, flüsterte Josefine Herbst leise Friedjof Winter zu. »Ich denke, wir beginnen mit den Frauen, sprechen dann mit den Kindern und zuletzt mit den Herren. Was meinen Sie?«

»Das hört sich schlüssig an«, antwortete Friedjof Winter ebenso leise. »Wir sammeln alle Informationen und konfrontieren am Schluss die Herren mit den Hinweisen der anderen. Da die Männer wahrscheinlich am meisten wissen, könnte das interessant werden.«

»Meine Herrschaften«, erhob sich Josefine Herbst. »Wir werden jetzt wie angekündigt die restliche Zeit, die wir noch hier festsitzen, dafür nutzen, Einzelgespräche zu führen. Daher möchte ich Sie, bis auf Frau Naumann, bitten, diesen Raum jetzt zu verlassen. Ich würde gerne mit Ihnen beginnen, ist das in Ordnung Frau Naumann?«

»Ja, sicher«, antwortete Christiane Naumann. »Dann habe ich es auch schnell hinter mir.«

Alle anderen standen auf und gingen gemeinsam aus dem Esszimmer. Christiane Naumann setzte sich auf den ihr zugewiesenen Stuhl.

»Frau Naumann, wie alt sind Sie?«, begann Josefine Herbst unverfänglich das Gespräch.

»Ich bin fünfundvierzig Jahre alt, wurde 1960 geboren. Das sind wir übrigens alle. Also, wir Frauen. Magdalena, Johanne und ich sind alle gleich alt. Wir kennen uns seit der Oberstufe auf dem Gymnasium. Genauso wie die Männer, die alle achtundfünfzig Jahre alt sind. Die sind allerdings schon seit der Grundschule zusammen, kommen ja auch alle aus einem Dorf.«

»Das ist ja interessant«, sagte Josefine Herbst. »Und doch ein großer Altersunterschied zu den Ehemännern.«

»Das stimmt«, räumte Christiane Naumann ein. »Wir waren gerade süße siebzehn, als wir die vier kennenlernten. Das war im Urlaub auf Borkum. Wir hatten viel Spaß. Vor allem mit Markus. Aber nicht so, wie Sie jetzt denken. Wir Mädchen schliefen in der Jugendherberge und die Jungs hatten Zimmer in einer Pension.

Wissen Sie, mit denen konnten wir abends zum Tanzen ausgehen. Ich weiß noch, die eine Diskothek in der Bismarckstraße hieß *Kajüte*. Wir waren aber auch in einer in der Strandstraße, den Namen habe ich vergessen. Alleine durften wir ja nicht so lange dort hinein. Mit den Jungs zusammen aber schon. Wir haben dort die Nächte durchgetanzt. *Born to be alive* war der Sommerhit. Die hatten in der Disko genau diese gläserne Tanzfläche mit den Lichtern darunter, wie in dem Film *Staying alive*. Wir waren sehr lebenslustig. Nachts haben wir im Ostland der Insel unter freiem Himmel in Schlafsäcken in den Dünen geschlafen. Das war verboten. Aber wir haben eben noch Verbotenes getan. Seit der Zeit sind wir irgendwie unzertrennlich. Ich bin heute aber eher gesetzestreu, angepasst und langweilig.«

»Verstehe«, sagte Josefine Herbst. »Wann haben Sie dann geheiratet?«

»Schon zwei Jahre später haben wir alle geheiratet, auch das haben wir zusammen gefeiert. Es war ein tolles Fest. Das vergesse ich nie. Aber schon damals wusste ich, dass auch Magdalena und Johanne gerne Markus gehabt hätten. Er hatte sich halt für mich entschieden.« Sie zuckte mit den Achseln.

»Hatten Sie eine glückliche Ehe?« fragte Jule Janssen.

»Glück«, wiederholte Christiane Naumann. »Was ist das denn? Sind das nicht nur Momente, kurze Augenblicke, vielleicht mal Wochen, Monate oder, wenn es ganz gut läuft, Jahre. Ich weiß es nicht. Ja, wir hatten glückliche Momente, aber die meiste Zeit waren wir einfach zusammen, ohne dass ich sagen könnte, ob es gut oder schlecht war. Ich habe nicht an jedem Tag ein Plus oder Minus notiert. Wir lebten einfach.«

»Und die erwähnten Frauengeschichten ihres Mannes, haben die Ihnen zugesetzt?«, wollte Josefine Herbst wissen.

»Kann das überhaupt irgendeine Frau aushalten?«, antwortete Christiane Naumann mit einer Gegenfrage. »Ich habe es versucht, wirklich, das können Sie mir glauben. Mein Mann war sexsüchtig, wenn es das überhaupt gibt. Er hat es zumindest so erklärt. Ohne die Abwechslung wäre ich für ihn sexuell vollkommen uninteressant geworden. Nur dadurch, dass er permanent viele Frauen in seinem sogenannten Portfolio hatte, konnte er das Interesse an jeder Einzelnen aufrechterhalten. Somit haben alle Frauen, mit denen er zu tun hatte, sich gegenseitig einen guten Liebhaber erhalten. Wobei er immer betont hat, dass ich die einzige wirkliche Freundin wäre. Das bezweifle ich inzwischen, denn ich glaube, dass auch Magdalena eine enge Beziehung zu ihm hatte. Bei Johanne denke ich, dass sie eher enttäuscht ist, dass sie das nicht erreichte. Sie hat ja auch von uns dreien wirklich Pech gehabt.«

»Inwiefern?«, fragte Josefine Herbst.

»Na ja, Magdalena und ich hatten nie Sorgen, immer viel Geld und Luxus. Johanne hat den Loser erwischt, sie musste immer arbeiten, um überhaupt etwas Komfort zu haben. Da tut sie mir schon ein bisschen leid.«

»Hatte Ihr Mann Feinde?«, überlegte Friedjof Winter.

»Sie meinen, geschäftlich, oder tatsächlich eine der anderen Frauen, oder vielleicht sogar einer von deren Männern? Nein, ganz sicher nicht. Markus war ein besonnener Mensch, der hat alles ganz genau geplant. Da wäre keine böse Überraschung passiert. Außerdem konnte er alle Probleme irgendwie weglächeln. Das wird mir wirklich fehlen. Ich habe diese Fähigkeit nicht und an der Stelle hat er mir immer geholfen.« Sie begann zu weinen.

»Ein Problem scheint er nicht weggelächelt zu haben«, bemerkte Jule Janssen trocken. »Sonst wäre er jetzt nicht tot.«

»Frau Naumann, vielen Dank, Sie sind jetzt entlassen«, sagte Josefine Herbst schnell. Dann warf sie ihrer Assistentin einen tadelnden Blick zu und forderte diese auf, loszugehen und Johanne Veits Bescheid zu geben.

»Eine Frage habe ich noch«, sagte Josefine Herbst und wartete bis Jule Janssen den Raum verlassen hatte, um weitere unsensible Kommentare zu vermeiden. »Wussten Sie von Erwin Paulsens Neigung?«

»Nein, davon wusste ich definitiv nichts! Ich finde das grausam und ekelig. Hätte ich das gewusst, wären wir vielleicht schon lange keine Freunde mehr gewesen. Ich hätte das auch bestimmt der Polizei gemeldet!«

»Sagt Ihnen vielleicht ein Kinderbuch, eine Handvoll Erde, eine getrocknete Sommerblume und ein Autoschlüssel irgendetwas?«

»Nein!«, Christiane Naumann blickte Josefine Herbst erstaunt an. »Was soll mir das denn sagen? Ist das ein Test?«

»Nur ein Rätsel, das uns Erwin Paulsen hinterlassen hat«, antwortete Josefine Herbst.

»Da kann ich Ihnen wirklich nichts zu sagen. Meinen Sie, das ist wichtig? Da fällt mir überhaupt nichts zu ein. Tut mir leid.«

Josefine Herbst bedankte sich noch einmal und Christiane Naumann verließ den Raum.

»Ich muss Ihnen übrigens noch eine nicht unerhebliche Neuigkeit mitteilen«, sagte Friedjof Winter, nachdem sie allein waren. »Ich habe die Spritze gefunden.«

»Wie bitte? Und das sagen Sie mir erst jetzt?«

»Tja, ich habe vorhin, als wir alle noch auf das Mittagessen warteten, Marianne Bloch gefragt, ob es hier irgendwo Spritzen im Haus gibt. Und siehe da, sie hat mir eine Vitrine in dem Oldtimer-Modell-Museum von Erwin Paulsen gezeigt. Darin lagern mehrere alte Spritzen mit Glaskolben, mit denen früher die Tiere gespritzt wurden. Ich habe sie alle konfisziert. Eine davon wird sicherlich die Tatwaffe gewesen sein. Es fehlte jedoch keine, aber wen mag das wundern.«

»Sehr gut! Wenn wir das nachweisen können, dann wissen wir mit Bestimmtheit, dass der Täter oder die Täterin hier im Hause war. Das grenzt den Kreis der Verdächtigen ein.«

»Bedeutet das nicht auch, dass doch noch andere in Gefahr sind?«

»Ja, das könnte sein«, bestätigte sie die Überlegungen. »Aber ich gehe davon aus, solange die Herrschaften hier alle beieinanderbleiben, wird keiner einen weiteren Mord begehen. Ich wüsste im Moment auch nicht, wen wir, wann und wie, beschützen müssten. Alle im Auge zu behalten, dazu sind wir zu wenig.«

Friedjof Winter wurde nachdenklich. »Hoffentlich geht das gut!«

Es dauerte nur einen kurzen Moment, dann kam Jule Janssen gemeinsam mit Johanne Veits zurück ins Esszimmer. Josefine Herbst begrüßte sie und bat sie, sich zu setzen. Johanne Veits schien etwas nervös zu sein. Die Fingernägel waren sehr kurz abgeknabbert, ihr Blick ging unruhig hin und her und sie fuhr sich permanent mit den Händen durch die kurzen Haare. Jule Janssen reichte der Frau ein Glas Wasser. Sie dankte ihr stumm. Josefine Herbst begann mit der Befragung.

»Frau Veits, wir wissen inzwischen, dass Sie alle schon sehr lange Freunde sind, wie war denn ihr Verhältnis zu Erwin Paulsen und Markus Naumann?«

Johanne Veits zögerte. »Na ja, zu Erwin hatte ich gar kein Verhältnis, den fand ich einfach nur langweilig. Ganz am Anfang, als noch nicht klar war, wer mit wem, da habe ich mal versucht mit ihm rumzuknutschen beim Fummel-Blues. Aber der hat gar keine Reaktion gezeigt. Jetzt weiß ich auch, warum. Wenn ich das von seiner gestörten Sexualität gewusst hätte, wäre meine Tochter niemals hierhergekommen, das können Sie mir glauben. Ich bin entsetzt, dass mir das keiner meiner sogenannten Freunde gesagt hat. Sogar Magdalena hat geschwiegen. Sie hätte uns ihre Vermutungen doch sagen müssen. Wie ist so etwas möglich?« Sie schwieg kurz und atmete tief durch. »Mit Markus hatte ich ein sogenanntes On-Off-Verhältnis. Ich habe so oft versucht, es zu beenden, aber, keine Chance. Er hatte irgendetwas, das einem immer wieder weiche Knie verursacht hat. Versprochen hat er mir tausendmal, dass er Christiane verlässt. Niemals hätte er es getan. Ich glaube schon, dass er sie geliebt hat, irgendwie. Mich nicht, mich hat er nur benutzt für seine Spielchen.«

»Und Ihre Tochter ist vielleicht von ihm?«, fragte Josefine Herbst.

»Ja, vielleicht.« Johanne Veits lachte verlegen. »Ich habe es nicht untersuchen lassen. Hätte mich vor Gewissenskonflikte gestellt. Ich wollte es nicht wissen.«

»Wollen Sie es jetzt wissen?«, fragte Friedjof Winter. »Wir könnten eine entsprechende Untersuchung veranlassen, vorausgesetzt Ihre Tochter stimmt zu.«

»Würde sie dann etwas erben?«, fragte Johanne Veits.

»Interessante Frage«, reagierte Jule Janssen. »Das wäre dann zu klären. Könnte aber sein. Das gleiche gilt ja auch für Lotta Specht«, überlegte sie weiter.

»Stimmt«, bestätigte Friedjof Winter. »Das haben wir noch gar nicht bedacht.«

»Haben Sie Christiane mal nach ihrem Vermögen gefragt?« Johanne Veits klang zynisch. »Die hat so viel, das kann sie in zehn Leben nicht ausgeben und das wird noch ständig mehr, weil ihr Mann das alles super angelegt hat. Magdalena hat ja schon viel Geld, aber

Christiane toppt sie noch um Längen. Fragen Sie meine Tochter bitte auf jeden Fall, ob sie dem Test zustimmt!«

»Wusste Ihr Mann von Ihrem Verhältnis?«, fragte Josefine Herbst.

»Meinem Mann bin ich völlig egal. Selbst wenn er es wusste, würde es ihn total kalt lassen. Aber ich habe es ihm nicht gesagt, also von mir weiß er es nicht. Manchmal glaube ich, dass er mich nur geheiratet hat, um wenigstens eins im Leben hinzukriegen, eine Familie. Aber auch das nur nach außen. Innen sind wir kaputt. Wir kommen uns schon seit vielen Jahren nicht mehr nah. Damit auch ja keine Gefahr besteht, dass ich ihm zu sehr auf die Pelle rücke, frisst er die ganze Zeit diese fiesen grünen Salbeibonbons aus Weingummi. Ist Ihnen das noch nicht aufgefallen? Er hat immer eine Packung in der Hosentasche.«

»Jetzt, wo Sie es sagen«, überlegte Josefine Herbst.

»Ich hasse diesen Geruch! Mir wird regelrecht schlecht davon. Das weiß er. Aber er frisst sie dennoch, weil ich ihm dann einfach fernbleibe.«

»Sagen Sie, wissen Sie etwas über medizinische Spritzen hier im Haus?« Josefine Herbst lenkte sie wieder auf das eigentliche Thema.

»Ach, Frau Kommissarin, die Spritzen im Oldtimer-Museum von Erwin, die kennen wir alle. Die liegen ja schon ewig dort. Das wissen wir, das wissen die Kinder, das weiß jeder von uns.«

»Das dachte ich mir schon, aber sagen Sie, eins wüsste ich jetzt gerne doch noch, können Sie sich wirklich keinen Grund vorstellen, warum Erwin Paulsen sich hätte umbringen wollen?«

»Na ja, nicht wirklich.«, gab Johanne Veits zu. »Als ich das gestern sagte, wusste ich ja noch nichts von seiner kranken sexuellen Orientierung. Aber, ganz ehrlich und unter uns, wüsste ich noch einen Grund.«

«So?« Josefine Herbst wurde neugierig.

»Ja, der Unfall. Die vier haben, als sie zwanzig Jahre alt waren, einen Unfall mit dem Auto gehabt, bei dem ein Kind zu Tode kam. Erwin ist damals gefahren. Ich glaube, so etwas steckt man nicht einfach weg. Könnte mir vorstellen, dass es ihm deshalb nicht so gut ging.«

»Aber achtunddreißig Jahre später?«, überlegte Friedjof Winter.

»Sie sind ein mathematisches Naturtalent«, lobte ihn Jule Janssen. »Das haben Sie ja in Sekunden ausgerechnet.«

»Wissen Sie noch mehr über den Unfall?«, fragte Josefine Herbst weiter.

»Nein und eigentlich dürfte ich es auch gar nicht wissen. Die Männer haben vereinbart, dass wir Frauen es niemals erfahren sollten. Aber Hermann hat es mir in einem schwachen Moment erzählt. Magdalena und Christiane wissen nichts davon. Ich habe es ihnen nicht gesagt.«

»Das heißt aber nicht, dass sie es nicht wissen«, sagte Jule Janssen. »Deren Männer könnten es ja auch im Vertrauen erzählt haben.«

In diesem Augenblick klopfte Onno de Boer aufgeregt an die Terrassentür. Er war schweißgebadet und offensichtlich außer Atem, weil er gerannt war. »Schnell, kommen Sie«, rief er. »Hermann geht es nicht gut.«

Sommer 1968

Sie saß auf dem schmalen Holzbrettchen der Schaukel und nahm immer wieder Schwung, damit sie in gleichmäßigen Bewegungen hin und her schwingen konnte. Dazu sang sie leise vor sich hin. Sie warf den Kopf in den Nacken, streckte die Arme, ließ sich ohne Bewegung von der Schaukel mitnehmen und schaute in den blauen Himmel. Ein Gefühl von grenzenloser Ruhe und Freiheit. Viele Stunden der Sommertage verbrachte sie so. Allein mit sich und der Schaukel.

»Nane, kannst du bitte kurz auf den Kinderwagen aufpassen?« Die Mutter rief sie vom anderen Ende des Gartens. »Ich muss dringend zur Toilette.«

»Klar, Mama«, antwortete sie und sprang von der Schaukel. Schnell lief sie zu dem dunkelblauen Kinderwagen, der auf einem schmalen Weg unter einem großen Kirschbaum im Garten stand. Der Garten gehörte zu einem kleinen Haus in der Arbeitersiedlung der Stadt. Die Familie war nach dem Unglück umgezogen. Die Mutter hatte die Wohnung in der Stadt nicht mehr ertragen. Das Baby im Kinderwagen war ihr Bruder Tobias, der erst vor kurzem geboren wurde. Darüber hatte sie sich sehr gefreut. Auch die Mutter schien seit der Geburt des Kindes wieder etwas fröhlicher zu sein. Den Schrebergarten hatte ihre Mutter allerdings nicht wieder betreten. Er bot ein Bild des Grauens, denn ihr

126

Vater hatte am Tag nach der Beerdigung von Dele alle Bäume des Gartens mit der Axt gefällt. Nun ragten nur noch Baumstümpfe aus den Äckern empor. Einige hatten allerdings ausgeschlagen und es bildeten sich kleine frische Blätter. Ab und zu fuhr sie mit ihrem Vater in den Garten, betrachtete die Reste der Bäume und freute sich über das junge Grün. Zeigte es doch, dass die Bäume noch lebten und nicht mit Dele gestorben waren. Über Dele sprachen sie nicht mehr. Es gab keine Fotos im Haus, nichts was an sie erinnerte. Dele war weg, ausgelöscht. Sie vermisste ihre Schwester sehr und irgendwie glaubte sie immer noch, dass sie zurückkommen würde. Der Tod war für sie unbegreiflich und nicht vorstellbar. Nun aber gab es den kleinen Tobi. Ihr war klar, es würde noch lange dauern, bis sie mit ihm würde spielen können, wie zuvor mit ihrer Schwester. Die meiste Zeit schlief der Kleine nur. Jetzt allerdings schien er gerade wach zu werden. Sie hörte, wie er im Kinderwagen Geräusche von sich gab.

»Still Tobi, Mama kommt gleich«, versuchte sie ihn zu beruhigen. Aber das bewirkte nichts. Das Baby fing leise an zu wimmern. Sie begann den Kinderwagen zu schaukeln. Dazu sang sie ein Lied *Schlaf, Kindchen, schlaf, dein Vater hütet die Schaf*. Das Weinen wurde lauter. Wo blieb nur die Mutter? Sie löste die kleine Bremse am Wagen und begann auf dem Weg aus Betonplatten im Garten auf und ab zu laufen. Wenn der

Kinderwagen sich bewegt, so dachte sie, schläft er vielleicht wieder ein.

Der Weg war abschüssig wie der Garten und die gegossenen Betonplatten hatten einen hohen Absatz zum niedrig liegenden Rasen. Sie lief den Weg mit dem Wagen hinauf und hinunter, immer wieder. Das Hochziehen auf dem kleinen Abhang fiel ihr schwer, denn der Wagen hatte ordentlich Gewicht. Tatsächlich war das Baby ruhiger geworden. Sie konnte es sich später selbst nicht erklären, wie es passiert war, aber plötzlich rutschten ihre Hände von der Griffstange des Wagens, gerade als sie oben am Abhang war. Der Kinderwagen begann führungslos den Weg hinunterzurollen. In diesem Augenblick kam die Mutter aus der Tür zum Garten.

»Nane, was machst du da?«, schrie sie und begann zu laufen, aber der Wagen war nicht mehr einzuholen. Er trudelte an den Rand der Betonplatten und fiel seitwärts den Absatz hinunter. Dort blieb er auf der Seite liegen. Tobi schrie unaufhörlich. Die Mutter war beim Kinderwagen angekommen und holte das Baby aus dem Wagen. Sie tröstete Tobi und weinte selbst. Dann drehte sie sich um.

»Nane, in den Keller!«, sagte sie kalt.

»Nein, ich möchte nicht, es war keine Absicht, ich wollte ihn nur beruhigen, deshalb habe ich den Wagen geschoben«, versuchte sie die Mutter zu besänftigen.

Sie stand immer noch erschrocken und regungslos da. Ängstlich blickte sie zur Mutter.

Diese schrie sie wütend an. »Nane, in den Keller! Gehst du freiwillig oder muss ich dich dahin prügeln? Du kannst wirklich gar nichts, nicht mal fünf Minuten auf deinen Bruder aufpassen. Geh' in den Keller und denk' darüber nach, was für ein Kind du bist.«

Sie lief weinend zum Haus, die Mutter kam mit dem Kind auf dem Arm hinter ihr her. In der Waschküche versuchte sie noch einmal die Strafe zu verhindern. »Bitte Mama, es tut mir sehr leid, bitte nicht in den kalten Keller, bitte!«, bettelte sie. Die Tränen rannen ihr über das Gesicht. Aber die Mutter blickte sie nur wütend an. Dann öffnete sich die Kellertür und sie musste die schmale steile Treppe hinuntergehen. Solange die Tür oben geöffnet war, konnte sie noch etwas erkennen. Sie war langsam hinabgestiegen und als sie unten ankam, blickte sie noch einmal tränenüberströmt nach oben. Doch die Mutter schloss die Tür und es wurde dunkel. Sie wusste, es würde jetzt Stunden dauern, bis sie wieder nach oben in die Wohnung gehen dürfte. Zu gut kannte sie diese Wut ihrer Mutter. Wenn ihr Vater später von der Arbeit nach Hause käme, dann würde es noch Schläge mit dem Rohrstock geben, auch das wusste sie. Sie hockte sich auf die unterste Stufe der Treppe, versuchte ihre Augen an die Dunkelheit zu gewöhnen und lauschte den unheimlichen Geräuschen um sie herum. Leise begann sie zu singen, um ihre

Angst zu besiegen. *Ein kleiner Matrose umsegelte die Welt...*

Herbst 2005

Onno de Boer lief eilig voraus durch den Blumengarten des Anwesens zu einem ehemaligen Stallgebäude, das zu einem Fitnessraum mit angrenzender Sauna umgebaut worden war. Laufbänder, Ergometer und diverse Geräte zum Aufbau von körpereigener Muskelmasse befanden sich darin. All dies war vor einem riesigen Fenster aufgebaut. Man blickte beim Sport bis zum Horizont auf das unendlich scheinende flache Land Ostfrieslands. Hermann Veits lag in stabiler Seitenlage auf dem Boden vor einem der Laufbänder. Josefine Herbst kniete nieder und klopfte ihm leicht auf die Wange. »Hallo, Herr Veits, können Sie mich hören?«

»Was ist nur mit ihm?«, fragte Johanne Veits ungeduldig. »Er atmet doch noch, oder?«

»Ja, er atmet noch«, antwortete Friedjof Winter und fühlte derweil den Puls. »Es scheint so, als sei sein Kreislauf instabil.«

Inzwischen waren auch alle anderen eingetroffen und standen neugierig in einigem Abstand zu dem am Boden liegenden Hermann Veits. Er öffnete kurz die Augen, fühlte sich aber offensichtlich zu benommen, um der Kommissarin zu antworten.

»Herr de Boer, was ist hier eigentlich passiert?« Josefine Herbst wandte sich an den Pastor.

»Na, wir wollten Sport machen. Deshalb sind wir auf die Laufbänder gegangen. Plötzlich klagte Hermann über Schwindel und ein Stechen in der Brust. Dann ist er auch schon umgefallen. Ich habe mich derart erschrocken und mir die schlimmsten Befürchtungen ausgemalt. Entsetzlich!«

»Vermutlich ist er nur dehydriert«, diagnostizierte Jule Janssen. »Es gab hier in den letzten Tagen viel Alkohol, der entzieht dem Körper Wasser und dann Sport, das kann schon mal schiefgehen.«

»Damit könnten Sie richtigliegen«, bestätigte Josefine Herbst. »Kann bitte jemand etwas Wasser organisieren?«

Mark Naumann und Lotta Specht rannten los und kamen nur Sekunden später mit einer großen Wasserflasche zurück, die sie der Kommissarin gaben.

»Herr Veits, Sie müssen trinken«, ordnete Josefine Herbst an. »Würden Sie mir bitte helfen, Herr Winter?«

Friedjof Winter kniete nun ebenfalls an der Seite von Hermann Veits und hob dessen Kopf an. Langsam gab sie ihm einige Schlucke aus der Flasche zu trinken.

»Ist Vati nun auch vergiftet worden?«, fragte Lena Veits.

»Ich gehe erstmal nicht davon aus«, antwortete Josefine Herbst. »Aber vorsichtshalber bringen wir Ihren Vater ins Krankenhaus nach Emden. Dort wird man ihn besser versorgen können.«

»Die Straße ist noch nicht wieder frei!«, konstatierte Magdalena Paulsen. »Wie soll das gehen?«

»Ich habe auf dem Weg hierher telefonisch einen Rettungshubschrauber geordert«, sagte Friedjof Winter. »Der müsste jeden Augenblick hier sein.«

Wie aufs Stichwort waren draußen nun die Rotoren Geräusche eines Hubschraubers zu hören, der auf der Wiese vor dem Hof landete. Kurz darauf kamen die Rettungssanitäter, begleitet von Marianne Bloch, mit einer Trage in den Fitnessraum.

»Der Patient ist bedingt ansprechbar, aber immer noch sehr schwach«, informierte Josefine Herbst die Sanitäter. »Bitte weisen Sie im Krankenhaus darauf hin, dass er auf eine Vergiftung mit Digitalis untersucht werden soll. Wir wollen das auf jeden Fall ausschließen, um das Risiko zu verringern.«

Die Sanitäter hoben Hermann Veits auf die Trage.

»Lena, Schatz«, röchelte er. » Bitte Kind, lass testen, wer dein Vater ist, da geht es um richtig viel Geld.«

»Vati! Was soll das jetzt?«, rief Lena Veits hinter den Sanitätern her, als diese mit ihrem Vater auf der Trage den Weg zum Hubschrauber antraten. »Du wirst doch wieder gesund!«

Alle liefen zur Wiese vor dem Haus und beobachteten, wie der Hubschrauber abhob und in Richtung Emden flog. Sie schauten ihm nach.

»Wie hat er das gemeint?« Christiane Naumann wurde nachdenklich. »Von wessen Geld spricht er?«

»Na ja, Mama, auf das Geld deines Mannes haben alle seine Kinder einen Anspruch«, antwortete Mark Naumann. »Sollte Lena tatsächlich auch meine Halbschwester sein, dann wäre sie ebenfalls erbberechtigt.«

»Na, das habt ihr euch ja schön ausgedacht«, ereiferte sich Christiane Naumann. »Ich verbringe mein ganzes Leben mit diesem Mann, der mich tagein tagaus betrügt und am Ende muss ich mein Erbe mit all seinen Bastarden teilen?«

»So sieht das aus«, nickte Johanne Veits. »Er gibt dir sogar aus dem Grab heraus noch einen Fußtritt. Wollen wir wieder ins Haus gehen? Mir wird langsam kalt.«

»Lotta, du wirst doch sicher nicht darauf spekulieren?« Magdalena Paulsen redete ihrer Tochter ins Gewissen, während alle zurück ins Gebäude und ohne Absprache zum Esszimmer liefen. »Das hast du doch gar nicht nötig! Du verdienst doch gut.«

»Mama, ich werde mit Mark zusammenleben und das nicht als seine Schwester. Warum sollten wir also das Erbe seines Vaters unter uns kompliziert aufteilen? Wir hätten doch trotzdem immer die gleiche Summe. Mein Erbe von Papa und seines von Markus. Das sollte zum Leben reichen, meinst du nicht?«

»Lotta, ich wusste nicht, dass es dir im Leben so sehr ums Geld geht«, staunte Magdalena Paulsen.

»Ach, Mama, du kennst mich überhaupt nicht. Du weißt nichts von mir. Aber ich habe dich auch nie wirklich interessiert. Dir ging es immer nur um dich. Dein

Ansehen und dein Besitz. Ich war nur Teil dieses Bildes, das du von dir erschaffen hast. Ich werde mich jetzt von Roland trennen und dann werde ich endlich mein eigenes Leben führen. Da kann es doch nicht schaden, wenn ich dies mit ausreichend Vermögen mache.«

»Du irrst dich«, entgegnete Magdalena Paulsen enttäuscht. »Ich wollte immer nur, dass du glücklich bist. Du bist alles, was ich habe im Leben. Ich war immer stolz auf dich. Deine Intelligenz, deine Schönheit, das war das, was ich erschaffen habe. Wie könnte mir das gleichgültig sein? Überleg mal.«

»Müssen wir uns diese rührselige Geschichte noch länger anhören?«, fragte Johanne Veits genervt. »Magdalena, ich könnte jetzt wirklich einen Kaffee gebrauchen!«

»Oh, entschuldigt, ich bin in Gedanken ganz woanders.« Magdalena Paulsen lief hinaus, um bei Marianne Bloch noch einmal Kaffee und Tee anzumelden. Johanne Veits sprach weiter auf ihre Tochter ein. »Es geht hier nur ums Geld und um nichts sonst. Lena, du hast gehört, was dein Vater gesagt hat. Nimm es ernst, bitte, es besteht zumindest eine fifty-fifty Chance, dass auch du erbberechtigt bist. Auch wenn du deinen offiziellen Vater, diesen Loser, immer geliebt hast. Denk darüber nach.«

»Du machst dir noch nicht mal Sorgen, ob Vati vielleicht stirbt«, weinte Lena Veits. »Was seid ihr nur alle für Menschen? Geld, Geld, Geld, nichts Anderes zählt für euch. Vati war immer lieb zu mir. Er hätte alles gegeben, um mir mehr bieten zu können. Ich habe solche Angst um ihn.« Sie rannte aus dem Esszimmer. Lotta und Mark liefen ihr nach.

»Wie kann sich nur in so kurzer Zeit ein Leben völlig in Luft auflösen?« Magdalena Paulsen kam aus der Küche zurück. Hinter ihr brachte Marianne Bloch frische warme Getränke. »Bevor Erwin starb, war alles in Ordnung. Wir waren beste Freunde, unsere Leben verliefen in geordneten Bahnen. Alles war harmonisch und alle waren glücklich. Und nun? Alles kaputt.«

»Träum weiter, Magdalena«, sagte Christiane Naumann. »Unsere Leben verliefen niemals wirklich in geordneten Bahnen. Alles basierte darauf, dass wir uns an der Oberfläche an eine unausgesprochene Vereinbarung gehalten haben. Wir waren uns einig, dass es so, wie es aussah, auszusehen hatte. All unser Handeln haben wir an dieser Vereinbarung ausgerichtet. Niemand brach aus und wenn, dann nur heimlich und ohne dass es ans Tageslicht kam. Nur so konnten wir doch den Schein wahren, der uns allen so wichtig war. Erst Erwins Tod hat einen Riss in unser Gebilde gebracht. Jetzt tut sich der Abgrund auf, der eigentlich schon immer da war.«

»Nur unser Pastor behält seine weiße Weste«, grinste Johanne Veits. »Nicht wahr, Onno, du hast doch nichts zu verbergen, was jetzt ans Licht kommen könnte, oder?«

»Wer ohne Schuld ist, der werfe den ersten Stein«, antwortete Onno de Boer und ging aus dem Raum.

Das Handy von Friedjof Winter klingelte und er ging ran. Er hörte kurz zu, nickte, bedankte sich und legte wieder auf. »Die Straße ist frei, wir können zurück. Die Spurensicherung und der Bestatter sind auf dem Weg hierher.«

Magdalena Paulsen, Christiane Naumann und Johanne Veits verließen augenblicklich den Raum.

»Bitte bleiben Sie in Emden«, rief Josefine Herbst ihnen nach. »Wir haben noch nicht alles geklärt.«

»Folgen wir der Spur des Geldes«, sagte Jule Janssen bestimmt. »Sie scheint mir sehr vielversprechend zu sein.«

Josefine Herbst war nachdenklich. »Mir scheint, es gibt hier viele Spuren und immer noch Geheimnisse.«

»Ich folge jetzt dem Ruf meiner Wohnung«, lachte Friedjof Winter. »Duschen und ein wenig auszuruhen kann auch nicht schaden.«

»Das Hotel hat sicherlich auch bessere Betten als dieses Etablissement«, lachte auch Josefine Herbst. »Machen wir uns auf den Weg.«

Buchenmöbel, wie immer, dachte Josefine Herbst, als sie ihr Hotelzimmer betrat. Sie mochte Buche nicht und konnte diese Abneigung nicht einmal begründen. Es war einfach nicht ihr Geschmack. Die meisten Hotelzimmer jedoch waren genau mit diesen Möbeln ausgestattet. An der Wand über dem Bett hing eines dieser geschmacklosen nichtssagenden abstrakten Bilder in Farben, die irgendwie zur Einrichtung passen sollten. Der Teppich war grau, schäbig und abgenutzt. Auf dem Bett lagen die obligatorischen weißen Handtücher. Das Zimmer war funktional, mehr nicht. Sie hängte ihren Mantel an die Garderobe und überlegte kurz, ob sie ihre Kleidung einfach im Koffer lassen sollte, den sie jetzt auf einen dafür vorgesehenen Hocker abstellte. Sie entschied sich jedoch dagegen, da sie davon ausging, dass die Ermittlungen länger dauern würden und sie deshalb wohl noch einige Tage bleiben müsste. So begann sie, ihre Pullover, Hosen und Unterwäsche in den Schrank zu räumen. Danach setzte sie sich in einen unbequemen kleinen Sessel mit giftgrünem Bezug und schaltete den Fernseher ein. Sie zappte durch die Kanäle, ohne jedoch irgendetwas vom Gesehenen wahrgenommen zu haben. Die Bilder flackerten über den Bildschirm, ohne sie zu erreichen. Ihre Gedanken kreisten unkontrolliert um den Fall. Sie war viel zu müde und erschöpft, um das noch ordnen zu können, aber sie wusste, sie würde nicht schlafen, da die offenen Fragen sich immer wieder in ihrem Kopf drehen würden. So viele Informationen, die sie im Laufe dieser zwei Tage bekommen hatten, die nicht aufgezeichnet waren, sondern nur in der Erinnerung des Erlebten lagen. Hoffentlich vergesse ich nicht etwas Wichtiges, dachte sie. Ihr Handy klingelte. Sie schaltete den Fernseher aus. Auf dem Display konnte sie sehen, dass es ihre Mutter war, die anrief. Sie drückte das Gespräch weg.

»Mama, tut mir leid, keine Lust«, sagte sie laut. »Ich werde mich melden, wenn es bei mir passt.« Sie wusste, dass ihre Eltern sich immer um sie sorgten. Keine Beziehung, die länger als vier Jahre gedauert hatte, keine Wohnung, in der sie länger als zwei Jahre weilte und keine Dienststelle, auf der sie länger blieb. Die einzige Konstante in ihrem Leben war die permanente Veränderung. Für ihre Eltern war dies schwer zu verstehen. Ihre Mutter und ihr Vater lebten immerhin schon eine gefühlte Ewigkeit zusammen und auch schon immer im gleichen Haus. Bei ihren Eltern kam Veränderung nur von außen, durch Umstände, die sie nicht beeinflussen konnten, niemals durch sie selbst. Die Tochter hingegen war das genaue Gegenteil. Sie zerstörte die Konstanten bewusst, ohne genau sagen zu können, warum. Oft schon hatte sie sich gefragt, ob sie wohl vor irgendetwas davonliefe. Aber das einzige, was ihr dazu einfiel, war die Langeweile. Nichts war ihr so unangenehm, wie sich dauernd zu langweilen. Das war wohl das Paradoxon ihres Lebens. Genau wie alle Menschen strebte sie nach einer gewissen Sicherheit und Stabilität. Das jedoch sind die größten Feinde des Abenteuers und das Futter der Langeweile. Sie hatte ihre stabilen Elemente immer wieder ausgetauscht, um so in einer anderen und neuen Sicherheit etwas Herausforderndes und Unterhaltsames zu finden. Das klappte nur für kurze Zeit. Leider ereilte dieses Schicksal auch jeden Mann, den sie an ihre Seite ließ. Wenn sie ihn richtig kannte und durchschaute, dann gab es nichts mehr zu entdecken, keine Überraschung, die sie lockte. Stattdessen offenbarten sich viele offengelegte Fehler, die sie dann nicht mehr aushalten konnte und die ihre Toleranz nicht duldete. Die Familien, die sie in den letzten zwei Tagen kennengelernt hatte, waren perfekt im Spiel der heilen Welt gewesen. Alles sauber und ordentlich, wenn auch nur an der Oberfläche. So viele Jahre hatten die Männer und Frauen das Spiel miteinander durchgehalten.

»Du findest nicht mal mehr jemanden, der mit dir die heile Welt spielen möchte.« Sie sprach laut mit sich selbst vor dem kleinen Spiegel des engen Badezimmers. »Oder ist es eher… spielen könnte? Bin nicht eigentlich ich es, die dazu nicht in der Lage ist? Zu ehrlich? Zu negativ? Zu anspruchsvoll?«

Das Handy klingelte erneut. Sie lief zurück ins Zimmer. Die Nummer kannte sie nicht. »Ja, hallo«, sagte sie vorsichtig.

»Ich bin es, Friedjof Winter. Sind Sie noch wach? Haben Sie noch Lust auf ein Glas Wein in Ihrem Hotel an der Bar?«

»Ein Bier wäre mir lieber.«

»Das wird es sicherlich auch geben. Ich bin in zehn Minuten dort. Bis gleich.«

»Ich weiß nicht so recht«, sagte sie. Dann bemerkte sie, dass er schon aufgelegt hatte. Sie lächelte. Na gut, dachte sie, ging zurück ins Bad und machte sich noch einmal ausgehfertig. Diesmal trug sie ihre geliebten dunklen Jeans und einen legeren grünen Flauschpullover. Bevor sie losging, betrachtete sie sich noch einmal in dem großen Spiegel neben der Garderobe und war zufrieden mit dem, was sie sah.

Als sie in die Lobby des Hotels kam, sah sie ihn schon an der Bar sitzen mit einem vollen Glas Bier. Er wirkte jünger in seiner Freizeitkleidung, die sie in die Kategorie sportlich einstufen würde. Auch einige andere Hotelgäste hatten sich dort eingefunden. Hinter der Theke stand eine junge elegant gekleidete Frau und mixte Cocktails, die als Spezialität des Hauses angeboten wurden. Das angrenzende Restaurant lag im Dunkeln, nur die Bar war mit Schummerlicht erhellt. Im Hintergrund hörte sie Jazz vom Band.

»Das gibt es doch nicht, ich musste nur mit dem Fahrstuhl nach unten und Sie sind schon da? Das ging ja schnell!«

»Ich gebe zu, ich war schon vor der Tür, als ich anrief.« Er lächelte sie an. »Nachdem ich im Präsidium unter der Dusche war und mich in frische Garderobe geschmissen hatte, wollte ich so aufgepeppt einfach noch nicht nach Hause. Das wäre doch auch Verschwendung, oder nicht? Aber ich gebe zu, ich könnte jetzt eh noch nicht abschalten.«

»Willkommen im Club«, sagte sie und bestellte sich auch ein Bier. Haben Sie Ihren kompletten Haushalt im Büro?«

»Fast, nicht alles, aber genug, um bei schwierigen Situationen ausweichen zu können. Wie sind denn die Zimmer hier?«

»Ordentlich und weitestgehend sauber, mit Bett, Schrank, Schreibtisch, Stuhl, Fernseher, Sessel und Dusche«. Sie war belustigt. »Haben Sie vor, heute hier zu übernachten?«

»Ist es zumindest ein großes Bett?«, fragte er.

Für einen kurzen Moment sahen sie sich an und schwiegen. Dann versuchte er eine Erklärung. »Nicht, dass Sie mich jetzt für indiskret halten, oder Hintergedanken vermuten, ich mag keine Hotelzimmer mit diesen Einzelbetten in neunziger Breite. Das erinnert mich irgendwie an Kasernen.«

»Ja, es ist ein großes Bett.« Sie war erleichtert. »Wissen Sie, es ist schon merkwürdig, ich bin ja häufiger in Hotels untergebracht, man kommt in ein Hotelzimmer, das total zweckmäßig und minimalistisch eingerichtet ist und trotzdem wird es binnen kürzester Zeit zum eigenen Refugium. Man blendet völlig aus, dass ja in diesem Raum schon unglaublich viele andere Menschen waren. Sobald die Zahnbürste im Zahnputzbecher steht, ist es meins. Aber nirgends fühlt man sich auch einsamer, als in einem Einzelzimmer im Hotel. Allein, in einer fremden Stadt, unter fremden Menschen in einem fremden Raum und wenn es dann noch regnet und grau draußen ist… Melancholie pur.«

»Interessant, wo Sie es jetzt so sagen, das mit dem eigenen Refugium, das empfinde ich auch immer so. Vielleicht hat es etwas mit Duftmarken zu tun, wie bei den Tieren. Wir stellen unsere Zahnbürste ab und markieren unser Revier.«

»Ja, das könnte sein.« Die Barfrau stellte das Bierglas vor Josefine Herbst auf den Tresen. Sie bedankte sich und setzte ihr Glas an den Mund.

»Auf schlaflose Nächte«, sagte er und wollte mit ihr anstoßen.

»Sind Sie das eigentlich gerne?«, fragte sie und hielt ihm ihr Glas hin.

»Was meinen Sie?« Er schaute erstaunt.

»Na, so eindeutig zweideutig«, antwortete sie und stieß ihr Glas an seins »Prost Kollege, auf schlaflose Nächte.«

Nachdem beide ein paar Schlucke getrunken und ihre Gläser wieder abgesetzt hatten, entstand erneut eine peinliche Stille.

»Vielleicht sollte ich besser wieder nach oben gehen«, schlug Josefine Herbst vor und erhob sich vom Barhocker.

»Nein, bitte bleiben Sie.« Er fasste sie leicht am Arm. »Ich hatte nicht die Absicht, Sie zu kompromittieren. Wir haben ja die letzten zwei Tage genug Spielerei gesehen und konnten beobachten, wohin das führt.« Er atmete tief durch. »Ich bin ernsthaft daran interessiert, Sie kennenzulernen, Frau Herbst, ganz ohne Hintergedanken. Außerdem, wie Sie schon sagten, oben ist es einsam.«

Sie überlegte kurz. »Das war schon wieder zweideutig. Aber na gut, fangen wir doch einfach mal mit dem Beruflichen an. Sie sagten, Sie können jetzt noch nicht schlafen, weil Ihnen so vieles der letzten Tage durch den Kopf geht. Das geht mir auch so. Ich denke, wir haben viel erfahren, was wir vielleicht in dem Moment gar nicht mit der Relevanz verbunden haben, die dahintersteht. Machen wir ein Brainstorming in Stichworten und notieren diese, das kann uns morgen in der ersten Teamkonferenz helfen.« Sie holte einen kleinen Notizblock und einen Stift aus ihrer Handtasche.

»Gerne«, antwortete er belustigt und zog ebenfalls einen kleinen Notizblock und Bleistift aus der Innentasche seiner Lederjacke. »Ich sehe, wir arbeiten ähnlich.«

»Offensichtlich« Sie lachte ebenfalls. »Also ich fange an… Geheimnisschatulle.«

»Männerfreundschaft?«

»Frauenkrieg.«

»Stiller Pastor.«

»Kinderbuch.«

»Stille Hausangestellte.«

Sie flüsterte. »Geheimnisvoller Unfall.«

»Geheime Vorlieben«, flüsterte er zurück.

»Wer ist die Spinne im Netz?«

»Wie meinst du das?«

»Oh, Vorsicht«, sagte sie. » Ich habe nichts gegen das *Du* einzuwenden, aber da wir viel mit den Kollegen zusammen sein werden, denke ich, es wäre klüger, bis zum Abschluss des Falls beim *Sie* zu bleiben, okay?«

»Schade, sind SIE immer so vernünftig?«

»Ja, ist besser so.«

»Gut, okay, ich halte mich daran. Wie meinen Sie das mit der Spinne im Netz?«

»Na, diese ganzen merkwürdigen Ehekonstellationen, gemeinsamen Urlaube und diese arrangierte Freundschaft, wer steckt dahinter? Wessen Plan war das? Wer nutzte dies und wie?«

»Ja, das ist eine interessante Frage.« Friedjof Winter dachte nach. »Es wirkt so zufällig, aber es könnte durchaus auch mehr dahinterstecken.«

»Entschuldigung«, mischte sich die Barfrau in das Gespräch ein. »Wir schließen jetzt die Bar. Ich muss Sie bitten, zu gehen.«

»Ach herrje.« Beide erschraken und standen auf.

»Ist es tatsächlich schon so spät?« Josefine Herbst blickte auf ihre Armbanduhr. »Oh ja, ist es. Aber unser Gespräch hat mir wirklich sehr geholfen. Ich werde jetzt gut schlafen können. Vielen Dank!« Sie gab ihm die Hand.

»Dito, gute Nacht und angenehme Träume.« Er hielt immer noch ihre Hand fest.

Josefine Herbst schüttelte grinsend mit dem Kopf. »Die wünsche ich auch.« Sie zog ihre Hand weg, drehte sich um und lief zum Fahrstuhl. Als sich die Tür öffnete, stellte sie sich hinein und schaute noch einmal zu ihm herüber. Er stand noch da und sah ihr nach. Sie hielten Blickkontakt, bis der Fahrstuhl sich wieder schloss.

Sommer 1973

Sie kam, wie immer, mittags aus der Schule nach Hause. Als sie in die Küche schaute, erschrak sie. Ihre Mutter saß regungslos am Küchentisch und starrte aus dem Fenster. Vor ihr stand eine dunkelbraune Flasche und ein Gas aus der Hausbar des Wohnzimmers.

»Mama, was trinkst du da?«

»Das ist Cognac, Nane. Der Heinz hat angerufen und mir gesagt, dass sein Vater ins Krankenhaus gekommen ist. Da habe ich mich erschrocken und dann trinkt man einen Cognac zur Beruhigung. Das ist wie Medizin.«

»Kennst du denn den Vater von Heinz?«

»Nein, den kenne ich nicht«, antwortete die Mutter und nahm einen großen Schluck. »Nane, was soll die Fragerei?«

»Hat er Krebs und wird sterben, wie Oma Tini letztes Jahr?«, wollte sie wissen.

»Ich weiß es nicht!« Die Mutter schlug mit der Hand auf den Tisch. »Musst du mich immer wieder an den Tod meiner Mutter erinnern. Das machst du mit Absicht. Jetzt hör auf damit!«

»Ist Tobi eingesperrt?« Sie hörte das gleichmäßige *rums, rums, rums* an der Tür des Nebenzimmers. Ihr Bruder, das wusste sie, saß mit dem Rücken zur Tür auf dem Boden und schlug seinen Oberkörper und

Kopf immer wieder mit Schwung an die Zimmertür. Das machte er immer, wenn er zur Strafe in dem Raum eingesperrt wurde.

»Tobi war unartig«, sagte die Mutter. »Irgendwann wird er begreifen, dass er nicht immer die Tapete an der Wand anmalen darf. Dein Vater hat den Raum gerade erst neu tapeziert.«

»Ja, aber es waren doch nur Reste von alten Tapeten, da macht es doch nichts.«

»Lass diese Widerworte, Nane. Kümmere dich lieber um Franzi, die ist im Wohnzimmer und schaut Fernsehen. Die muss sicher dringend gewickelt werden.«

»Ist sie nicht DEINE Tochter?«

»Ja, und DEINE Schwester, immer dasselbe mit dir, statt zu helfen, diskutierst du lieber.« Die Mutter wurde wütend und schenkte sich ein weiteres Glas Cognac ein. »Wie soll ich nur so ein freches Kind ertragen?« Sie schüttete das Glas mit einem Schluck hinunter.

Nane drehte sich um und ging ins Wohnzimmer. Ihre knapp ein Jahr alte Schwester stand dort im Kinderbettchen. Der Strampelanzug war schon bis zu den Füßen nass, da die Windel den Urin nicht mehr aufnehmen konnte. Im Fernseher lief eine Nachrichtensendung. Sie holte eine Decke, eine frische Windel, einen frischen Strampelanzug, hob ihre Schwester aus dem Bettchen und wickelte sie auf dem Teppich. Inzwischen hatte ihr Bruder in dem anderen Zimmer angefangen zu weinen. Er rief immer wieder, dass er Durst habe.

»Mama, wie lange ist Tobi da schon drin?«, rief sie laut.

»Was geht es dich an?«, kam es aus der Küche zurück.

»Er hat Durst, Mama.« Sie setzte ihre Schwester zurück in das Bettchen und schaltete den Fernseher aus. Nun fing das Kleinkind ebenfalls an zu weinen.

»Mach den Scheiß-Fernseher wieder an«, erboste sich die Mutter, die mit Flasche und Glas in der Hand im Türrahmen stand. »Franzi braucht das!«

»Gibt es heute etwas zu essen?«, fragte sie die Mutter. »Später gehe ich dann mit Franzi spazieren.«

Sie lief in die Küche und suchte den Schlüssel für die Tür zum Nebenraum, um ihren Bruder herauszulassen, der jetzt laut nach ihr rief. Auf dem Herd stand ein Topf mit Linsensuppe, die sollte es wohl mittags zu Essen geben.

»Unterstehe dich, die Tür zu öffnen!« Ihre Mutter packte sie an den Haaren und zerrte sie von der Tür weg. In diesem Augenblick kam ihr Vater zur Mittagspause nach Hause.

»Oh, hallo Gerhard, hier ist wie immer das allgemeine Chaos. Los, Nane, deck den Tisch!«, sagte ihre

Mutter, ließ sie los und öffnete selbst die Tür zum Nebenraum. Tobi rannte heraus und stürmte auf den Vater zu, der ihn auf den Arm nahm und mit ihm ins Wohnzimmer lief, um die kleine Franzi zu beruhigen. Nane stellte zuerst ein Gläschen mit Wurzelgemüse in den Flaschenwärmer, schenkte Tobi ein Glas mit Orangensprudel ein, brachte es ins Wohnzimmer und deckte dann in der Küche den Tisch mit vier Suppentellern. Ihre Mutter war in der Zwischenzeit im Badezimmer verschwunden. Wenig später kam die Familie am Küchentisch zusammmen. Der Vater setzte die kleine Franzi in den Hochstuhl. Die Mutter stellte den Suppentopf auf den Tisch und begann, allen aufzutun. Franzi wurde von der Mutter gefüttert. Alle aßen still ihre Suppe, nur der Vater berichtete von einem neuen Auftrag im Betrieb. Die Mutter fragte ihn, ob er abends denn rechtzeitig nach Hause käme, sie wolle noch zum Spöldeel und er nickte pflichtbewusst.

»Nane, du machst den Abwasch«, forderte die Mutter sie auf, nachdem alle fertig gegessen hatten.

»Aber ich wollte doch mit Franzi spazieren gehen.« Sie hatte andere Pläne.

»Hörst du das Gerhard?«, ereiferte sich die Mutter. »So geht das den ganzen Tag. Ich sage etwas, Nane redet dagegen. Nie macht sie das, was man ihr sagt.«

»Nane, du machst den Abwasch!«, wiederholte ihr Vater streng den Auftrag.

»Nein, das mache ich bestimmt nicht!«, schrie sie. »Ich will mit Franzi nach draußen und danach mache ich Hausaufgaben.«

»Ich weiß, warum du nach draußen willst«, erboste sich die Mutter. »Du triffst dich da mit dem Nachbarsjungen. Glaubst du, ich bin so blöd, dass ich das nicht merke?«

»Und wenn schon, was ist dabei? Manuel ist mein Freund. Er versteht mich wenigstens.« Sie wollte rauslaufen.

»Hier bleibst du, du Hure«, schrie ihre Mutter und packte sie wieder an den Haaren. »DU MACHST DEN ABWASCH! Verstanden!«

»Lass mich los!«, brüllte Nane und befreite sich aus dem Griff der Mutter.

Ihr Vater gab ihr eine Ohrfeige.

»Das ist das einzige, was ihr könnt«, weinte Nane wütend und hielt sich die brennende Wange. »Schreien, Schlagen und Einsperren! Wie erbärmlich ist das!«

Tobi und Franzi fingen an zu weinen. Die Mutter schrie. »RUHE!« Aber sie hörten nicht auf. »Wenn du dich man nicht irrst«, zischte die Mutter. »Wir können noch ganz anders. Wenn du nicht aufhörst, dich so schrecklich zu verhalten, dann bringen wir dich in ein Heim für schwererziehbare Kinder. Da wird man dich lehren, wie man sich zu benehmen hat.«

»Mach doch«, sagte Nane trotzig und nahm ihre Schwester aus dem Hochsitz. »Komm Tobi, wir gehen mit Franzi spazieren!« Sie lief aus dem Zimmer und ihr Bruder rannte ihr hinterher. Als sie Franzi in den Kinderwagen setzte, hörte sie den Vater sprechen.

»Lass sie doch laufen, dann hast du wenigstens ein bisschen Ruhe!«

»Klar, dass du zu ihr hältst. Ihr habt euch ja gegen mich verschworen. Hau ab zur Arbeit und komm ja pünktlich heute Abend!« Die Mutter kochte vor Wut, lief ins Wohnzimmer und knallte die Tür zu. Nane wusste, jetzt würde sie ganz sicher wieder einen Cognac brauchen.

Herbst 2005

Im Wohnzimmer seines Hauses brannte noch Licht, als Friedjof Winter spät in der Nacht zuhause ankam. Er hatte deshalb ein ungutes Gefühl, als er das Haus betrat. Leise hängte er seine Jacke an die Garderobe direkt hinter der Eingangstür und wollte sofort die Treppe nach oben nehmen, um in sein kleines Schlafzimmer zu gelangen. So hoffte er, einer Diskussion mit seiner Frau aus dem Wege gehen zu können.

»Friedjof, wo bist du denn so lange gewesen?«, rief Irene Winter aus dem Wohnzimmer. »Ich musste erst in deiner Einsatzstelle anrufen, um zu erfahren, dass du wegen eines umgestürzten Baumes in Wybelsum festgesessen hast. Du hast es ja nicht nötig, mir Bescheid zu geben. Aber du bist schon vor Stunden wieder in Emden gewesen. Ich warte hier und mache mir Sorgen.«

Friedjof Winter atmete tief durch und ging ins Zimmer. Seine Frau saß auf dem breiten Sofa, eingehüllt in eine dicke Wolldecke. Auf dem Tisch stand ein Glas Wein. Daneben lag ein Buch, sie hatte wohl gelesen. Alles wirkte ruhig.

»Warum wartest du überhaupt auf mich?«, fragte er. »Das macht doch keinen Sinn. Wir wohnen hier in einem Haus, aber wir sind kein Paar mehr.«

»Hast du eine Freundin?«, kam die Gegenfrage.

»Das hat dich nicht zu interessieren, wir haben entschieden, getrennte Wege zu gehen. Ich lasse dir dein
Leben und du mir meins, so ist die Abmachung.«

»Das ist so leicht gesagt und so schwer getan«, sagte
sie traurig. »Entscheidungen treffen wir mit dem Verstand, aber haben wir das Gefühl dabei einkalkuliert
und gefragt, ob diese Entscheidung überhaupt gelebt
werden kann?«

»Das Gefühl kann sich gewöhnen«, antwortete er
genervt. »Irene, wir wissen beide, dass es nicht mehr
geht. Wir müssen nur konsequent sein. Das ist die Auf-
gabe.«

»Wenn du noch keine Freundin hast, dann hast du
auf jeden Fall jemanden kennengelernt.«

»Wie kommst du bloß darauf und warum denkst
du überhaupt darüber nach?«

»Ich merke es dir an. Du bist so abweisend. Ich
kenne dich doch schon so lange. Da weiß man das
eben.«

»Ich versuche nur, es richtig zu machen.«

»Kann man eine Trennung denn richtig machen?
Der Stärkere verletzt doch immer den Schwächeren dabei. Mir steht mein Gefühl so sehr im Weg. Wie bei dem
Lied von U2, *with or without you*, beides funktioniert irgendwie nicht. Mit dir bin ich unglücklich und ohne
dich auch.«

»Es wird schon noch funktionieren«, versuchte er
sie zu beruhigen. »Wir müssen uns nur Zeit geben. Ich

werde mir eine Wohnung suchen. Dann wird es bestimmt leichter.«

»Das sind doch nur Phrasen. Du liebst mich nicht mehr und das tut mir immer noch so weh. Ich weiß, dass das Problem dabei bei mir liegt, weil ich einfach nicht akzeptieren will, dass du nicht so sein kannst, wie ich mir das wünsche. Ach Mensch, ich habe wohl schon lange mehr meine Vorstellung von dir geliebt als tatsächlich dich. Trotzdem ist da immer noch dieses Gefühl in mir. Der Funke der Illusion, der immer wieder aufkeimt und nicht verschwindet. An den klammere ich mich, wie ein Ertrinkender an einen Rettungsring. Dein Gefühl für mich ist allerdings weg, das spüre ich deutlich.«

»Selbst, wenn es so wäre, darfst du mir trotzdem dafür keine Vorwürfe machen. Gefühle haben wir nicht mit Absicht und wir können sie auch nicht beeinflussen. Ich werde dein Freund bleiben und für dich da sein, wenn etwas ist«, sagte er, setzte sich neben sie und nahm ihre Hand. »Aber ich kann nicht mehr dein Mann sein. Es ist zu viel passiert, zu viele Verletzungen auf beiden Seiten, zu hohe Erwartungen an uns selbst und permanente Missverständnisse. Die Freude ging uns abhanden, das weißt du auch. Ein Zurück kann es nicht geben.« Er schwieg und zögerte einen Moment. »Irene, kannst du mir etwas erklären?«

»Hängt es mit dem aktuellen Fall zusammen?«, fragte sie lethargisch.

»Ja«, nickte er. »So ist es.«

»War ja klar. Worum geht es?«

»Wir haben es mit einem toten Pädophilen zu tun. Ich habe diese Neigung nie verstehen können, im Gegenteil, ich verachte diese Männer eher. Aber ich begreife es eben auch nicht. Warum werden manche Männer so?«

»Das ist wie immer. Es gibt keine eindeutige Erklärung. Manche wurden als Kinder selbst lange missbraucht oder sie haben ihre ersten sexuellen Erlebnisse mit Scham und Verboten erlebt. Manche waren als Kinder die sogenannten Loser und wurden gehänselt und gequält. Einige Psychologen sagen, dass diese Männer einfach in ihrer Kindheit hängen geblieben sind.«

»Gibt es denn überhaupt eine Therapie dagegen?«, fragte er weiter. »Kann man etwas tun? Wenn diese Kerle das überhaupt zulassen.«

»Na ja, die Männer müssten ihr Verhalten komplett ändern. Das geht bei leichteren Fällen, da versuchen die Psychologen, ein Problembewusstsein zu vermitteln. Es wird den Männern beigebracht, riskante Situationen, wie Spielplätze, Sportstätten, Schulen oder ähnliches, zu meiden. Nicht gerade Trainer oder Betreuer zu werden. Aber je stärker die Fixierung ist, desto schwieriger geht so etwas.«

»Und dann? Gibt es wenigstens Medikamente?«

»Ja, es gibt Medikamente, die den Sexualtrieb schwächen oder sogar ganz unterdrücken. Manche von diesen Männern empfinden eine solche Behandlung sogar als Befreiung, aber die meisten leiden unter dem Verlust der Sexualität. Es gibt keine einfache Lösung, Friedjof, abgesehen davon, dass es eine kriminelle Handlung ist und bestraft wird. Dafür bist du dann wieder zuständig.«

»Ich weiß«, sagte er resigniert. »Damit helfe ich dann nicht, sondern verurteile nur. Aber helfen wir nicht den Kindern mit jedem, den wir kriegen können und der hart bestraft wird?«

»Wenn ihr ihn kriegt, dann ist ja schon etwas passiert. Dann hat schon mindestens ein Kind gelitten. Die Strafe wird ihn oder andere Pädophile auch nicht wirklich ändern. Wäre es dann nicht besser, wenn sich die Männer vorher melden könnten, bevor sie straffällig werden, weil sie nicht verdammt, sondern verstanden werden? Wenn man versuchen würde, ihnen zu helfen? Harte Strafen machen dem einzelnen vielleicht klar, wie sehr er sich in der Illegalität bewegt. Aber, wenn es daraus keinen Ausweg gibt, wie soll es dann gehen? Wir sehen doch schon, dass es selbst einigen Priestern nicht gelingt, das Zölibat ohne Sexualität zu leben.«

»Ich habe es begriffen«, sagte er verärgert. »Mein Job kommt immer zu spät. Das Thema hatten wir ja auch schon häufiger. Komm, lass uns lieber aufhören und schlafen gehen, bevor wir noch streiten. Ich hatte einen sehr anstrengenden Tag und morgen wird es sicher genauso sein.« Er stand auf und ging aus dem Raum, ohne sich noch einmal umzusehen. Seine Frau schwieg. Nachdem er sich im Bad fürs Bett fertiggemacht hatte, hörte er, dass auch sie in ihr Schlafzimmer ging. Er legte sich hin und starrte im Dunkeln an die Zimmerdecke. Kurz überlegte er noch, was wohl mit dem Pastor wäre, der ja nach einigen Aussagen auch keine Sexualität hatte, bis ihm die Augen zufielen, weil dann endlich die Müdigkeit siegte.

Es war ein grauer Morgen. Trotzdem kam Josefine Herbst mit einer fröhlichen Begrüßung zum Team in das Emder Polizeikommissariat. Alle waren bereits länger vor Ort. Die muntere Unterhaltung wurde bei ihrem Eintreffen sofort unterbrochen. Friedjof Winter ließ sich den gestrigen Abend in keiner Weise anmerken. Er hatte drei Polizisten aus der Dienststelle in die Ermittlungen einbezogen und stellte Josefine Herbst die Kolleginnen und den Kollegen vor. Harm Peters war ein etwas älterer übergewichtiger Mann, Edith Loy eine ungefähr gleichaltrige adrette Frau und Maren Hinrichs eine hübsche junge Kollegin. Gemeinsam mit Jule Janssen hatten sich alle im Sitzungszimmer eingefunden, das kurzerhand zum Ermittlungsraum umfunktioniert worden war. An der Stirnseite standen zwei Moderationstafeln, auf die Jule Janssen diverse Fotos gepinnt hatte. Josefine Herbst sah sich die Bilder eine Weile konzentriert an. Dann drehte sie sich zu den Kollegen und begann mit ihrem Vortrag, bei dem sie, wenn erforderlich, auf die jeweiligen Fotos zeigte.

»Was haben wir, liebe Kolleginnen und Kollegen? Wir haben drei Paare. Erwin und Magdalena Paulsen, Markus und Christiane Naumann, Hermann und Johanne Veits. Jedes dieser Paare hat ein Kind. Lotta Specht, Anwältin, Mark Naumann, Manager in der ehemaligen Reederei seines Vaters und Lena Veits, Studentin des Lehramts. Erwin Paulsen und Markus Naumann sind tot.« Sie malte ein Kreuz neben beide Fotos und setzte ihre Einleitung fort.

»Beide starben nach den Ergebnissen der Pathologie an einer Überdosis Digitalis. Den Bericht zum Tod von Markus Naumann habe ich schon heute Morgen per E-Mail bekommen. Die Kollegen haben schnell gearbeitet. Beide Männer waren vermögend. Beide hatten eine außergewöhnliche sexuelle Orientierung. Erwin Paulsen war pädophil und Markus Naumann, nach Angabe der Frauen, sexsüchtig. Lotta Specht ist nach Aussage von Markus Naumann und Magdalena Paulsen, ebenfalls die Tochter von Markus Naumann. Auch für Lena Veits könnte dies zutreffen. Die Kinder haben das, nach eigenen Erklärungen, bisher nicht gewusst. Das heißt aber, Markus Naumann hatte Sex mit allen Frauen seiner Freunde.« Josefine Herbst zog einige Linien zwischen dem Bild von Markus Naumann und den Bildern von allen drei Frauen.

»Erwin Paulsen hat seine Tochter und wohl auch Lena Veits als Kinder in aufreizenden Posen fotografiert«, fuhr sie fort. »Nach Aussage der Tochter hat er sie jedoch niemals angefasst. Auf dem Hof vermietete er in den Ferien Zimmer an Gruppen von Kindern und Jugendlichen. Es ist davon auszugehen, dass er auch dies genutzt hat, um entsprechende Fotos zu machen. Auf seinem Rechner fanden wir diverse Bilder dieser

Art. Selbst hergestellte, aber auch zugekaufte. Das ist sicherlich höchst interessant für meine Kollegen der Sitte aus Oldenburg. Frau Janssen, sind die Kollegen benachrichtigt?«

»Selbstverständlich!«, antwortete Jule Janssen. »Ich habe auch das Material bereits weitergeleitet.«

»Vorbildlich wie immer«, lobte Josefine Herbst. »Wichtig wäre noch herauszufinden, ob er seine selbst gemachten Fotos weiterverkaufte. So bestünde immerhin die theoretische Möglichkeit, dass sich jemand erkannt hat. Dann gibt es noch den Pastor, Onno de Boer, der ebenfalls ein enger Freund der drei Männer und somit auch der drei Paare ist. Onno de Boer lebt allein. Ihn, die Kinder, die Hausangestellte Marianne Bloch und Hermann Veits, den vermeintlichen Loser des Freundeskreises, haben wir noch nicht gesprochen. Gibt es eigentlich schon Erkenntnisse aus dem Krankenhaus?«

»Ja, er ist über den Berg«, sagte Friedjof Winter. »So wie es aussieht, hat auch er Digitalis im Blut gehabt, nur nicht genug, um daran zu sterben. Wir lassen gerade seine Salbeibonbons untersuchen. Das war, soweit wir wissen, das einzige was an dem Morgen nur er zu sich genommen hat.«

»Sehr gut, verehrter Kollege.« Josefine Herbst lächelte ihn kurz an. »Wir fanden im Büro des Herrn Paulsen eine kleine Schatzkiste.« Sie zeigte auf ein Foto mit den einzelnen Bildern der Kiste und des Inhalts.

»Dies wirft im Moment noch Rätsel auf. Auch gibt es wohl einen Unfall in der Jugend der vier Freunde, der vielleicht etwas mit allem zu tun haben könnte. Das sollten wir weiterverfolgen. Nach Aussage von Magdalena Paulsen befanden sich auf dem Wohnzimmertisch Rückstände einer zweiten Tasse. Vermutlich hatte Erwin Paulsen vor seinem Tod noch Besuch. Im DVD-Player lief eine Kindersendung, die Kinder aus der Krachmacherstraße, in Dauerschleife. Auch das erscheint mir merkwürdig. Magdalena Paulsen weiß nicht genau zu sagen, ob Erwin Paulsen sein Medikamentenfläschchen bei sich trug, als er starb. »Das wäre es erstmal von meiner Seite. Frau Janssen?«

»Ja, ich kann noch etwas ergänzen«, sagte Jule Janssen und stand auf. »Ich habe die Spur des Geldes verfolgt und folgendes herausgefunden. Markus Naumann ist mit Abstand der Reichste von allen. Er besitzt ein geschätztes Vermögen in Höhe von 500 Millionen Euro. Das Geld ist nicht das Vermögen seiner ehemaligen Reederei, sondern das, was er für sich aus dem Unternehmen herausgezogen hat. Angelegt ist es in Immobilien, Kunstwerken und Aktien. Immerhin hat er auch eine Stiftung für notleidende Kinder der Welt gegründet und auch dort fließt Geld hinein. Mich hat noch interessiert, ob es eventuell weitere Kinder gibt. Bei seinem Lebenswandel scheint das ja nicht ganz ausgeschlossen zu sein. Darüber habe ich aber nichts gefunden. Erwin Paulsen ist hingegen nicht so vermögend wie wir vermutet haben. Sein Eigentum beläuft sich nur auf rund 1,5 Millionen Euro. Er hatte in der Vergangenheit mehr Geld, aber von seinem Konto sind hohe Beträge abgeflossen, auf Konten, die irgendwo im Ausland in irgendeiner ominösen Briefkastenadresse liegen. Ich vermute, das hat mit den Käufen seiner Kinderfotos zu tun. Da bleibe ich dran. Interessant ist, dass auch Hermann Veits nicht unvermögend ist. Es sah ja so aus, als würde er nur vom Geld seiner berufstätigen Ehefrau leben. Das stimmt aber nicht. Auch er hat schon in seiner Jugend von seinen Eltern einen Hof geerbt, den er verkaufte. Dieses Geld ist ebenfalls in langfristigen Aktien angelegt worden und steht zurzeit mit einem Wert von einer Million im Kurs.«

»Nee!«, sagten Josefine Herbst und Friedjof Winter gleichzeitig.

»Doch! Der hat uns ganz schön was vorgemacht.«

»Und den drei Frauen und den Kindern«, ergänzte Josefine Herbst. »Denn die wussten offensichtlich alle nichts davon. Bei den Freunden gehe ich aber davon aus, dass die von der Erbschaft wussten und entsprechend kombinieren konnten.«

»Ja, vermutlich hatten sie deshalb auch nicht so viel Mitleid mit ihm«, bestätigte Jule Janssen und setzte sich.

Josefine Herbst erhob sich wieder. »Ich würde jetzt ganz gerne mit Ihnen eine Motivlage erarbeiten. Wir haben zwei Tote, einer wurde definitiv und ein weiterer immer noch nur vermutlich ermordet. Dann haben wir noch einen Lebenden, der aber auch einem Tötungsanschlag ausgesetzt war. Wird der eigentlich bewacht?«

»Jo, wi hebben en Kolleg in 't Krankenhuus vör sien Dör stellt«, bestätigte der Polizist Harm Peters.

»Prima«, schmunzelte Josefine Herbst. »Das habe sogar ich verstanden. Lassen Sie mich mit Erwin Paulsen beginnen. Da würde ich ganz klar als erstes Motiv den Kindesmissbrauch sehen. Das macht zunächst seine Tochter Lotta und Lena Veits zu Verdächtigen. In zweiter Linie, deren Mütter und Partner. Dann gäbe es eventuell noch weitere Kinder, die wir aber erst noch ermitteln müssen.«

»Ich würde bei ihm auch das Motiv Geld sehen«, sagte Jule Janssen. »Betrachten wir seine Frau, sie könnte enttäuscht sein und auf das Erbe spekulieren. Das träfe auch auf seine Tochter zu.«

»Ich denke immer noch, dass es auch ein Selbstmord gewesen sein kann«, warf Friedjof Winter ein. »Wie seine Frau sagte, war er mit seinem Leben nicht glücklich. Eine solche sexuelle Neigung zu haben, macht einen möglicherweise genauso kriminell, wie… zum Beispiel eine Drogensucht. Das Organisieren von diesen Bildern ist verboten und teuer. Die Gelüste danach erfordern ein Leben mit vielen Heimlichkeiten. Mit dem Verstand genau zu wissen, dass es pervers ist und dennoch die Lust daran nicht in den Griff zu kriegen, daran kann man schon verzweifeln, denke ich. Zumindest, wenn man sich selbst reflektiert«

»Warum glauben Sie, dass die Lust nicht in den Griff zu kriegen ist?«, fragte Maren Hinrichs entrüstet. »Das klingt wie eine Entschuldigung. Für Kindesmissbrauch gibt es aber keine!«

»Da stimme ich Ihnen ohne Einschränkungen zu«, antwortete Friedjof Winter. »Aber trotzdem, unsere Sexualität ist ein sehr starker Instinkt, egal mit welcher Ausrichtung. Die Art der Wirkung ist immer dieselbe. Sexualität entsteht aus Situationen und aus Gefühlen, selten aus durchdachten Überlegungen. Vieles spielt sich im Unbewussten ab. Das gilt auch für Pädophile. Ich meine, es könnte gut möglich sein, dass Erwin Paulsen mit seinem Trieb, den er nicht in den Griff kriegen konnte, nicht mehr leben wollte.«

»Dagegen spricht, dass es keinen Abschiedsbrief gibt, Chef«, überlegte Edith Loy. »Oder wurde einer gefunden?«

»Nein«, antwortete Jule Janssen. »Wir fanden keinen und seine Frau hat auch nichts dergleichen erwähnt. Wohl aber, dass sie an dem besagten Wochenende bei ihrer Tochter war. Damit hätten beide, Mutter und Tochter, ein Alibi.«

»Stimmt«, überlegte Josefine Herbst. »Aber wir werden da definitiv nochmal nachfragen, Oldenburg ist nicht so weit weg. Was ist mit Markus Naumann? Welches Motiv sehen wir bei ihm?«

»Dat is eenfach«, sagte Polizist Peters. »En Mann, völ Frolüüd, dat kann blot Leversucht wesen.«

Josefine Herbst amüsierte sich. »Was ist das denn? Leversucht?«

»Eifersucht«, übersetzte Polizistin Maren Hinrichs.

Friedjof Winter wandte sich an sein Team. »Leeve Kollegen, de Frau Herbst kann keen Platt un wi mutten daarup Rücksicht nehmen. Proten wi Hochdüütsk so lang as wi mit hör tosamen warken. Ok wenn jo dat stuur fallen deit.«

»Eifersucht? Gut möglich«, bestätigte Josefine Herbst. »Eifersucht ist auch ein starkes Gefühl. Diejenigen, die darunter leiden, bekommen das nur selten in den Griff. Wären dann aber nicht eher die anderen Frauen beseitigt worden?«

»Nee, nicht unbedingt«, meinte Harm Peters. »Nach dem Motto, wenn ich ihn nicht kriege, dann keine!«

Friedjof Winters Telefon klingelte und er ging ran. »Die Spurensicherung«, flüsterte er und lauschte den Informationen. Alle blieben still und warteten. »Vielen Dank für die Informationen.« Er legte auf. »Jetzt ist es amtlich. Das Digitalis in Markus Naumanns Weinflasche wurde mit einer Spritze aus dem Automuseum durch den Korken eingeflößt. Es sind keine Fingerabdrücke zu finden, aber minimale Rückstände des Metalls der Nadel im Korken. Damit ist klar, dass es jemand der Anwesenden war. Das grenzt die Optionen schon mal ein.«

»Sehr gut, es geht voran.« Josefine Herbst freute sich. »Wir wissen also, dass die Tat in Wybelsum geschah. Wann aber die Flasche präpariert wurde, ist dennoch offen. Seit wann waren seine Weinflaschen vor Ort? Wissen wir das?«

»Marianne Bloch hat mir gesagt, dass alle Gäste einen Tag vor der Beerdigung angekommen sind«, erinnerte sich Friedjof Winter.

»Bis auf die Kinder, die kamen ja mit uns«, ergänzte Josefine Herbst.

»Genau, es kommen also zwei Tage für das Präparieren der Weinflasche in Frage.«

»Es muss außerdem jemand sein, der von den Flaschen Kenntnis hatte«, erklärte Josefine Herbst. »Gehen wir nochmal zurück zum Motiv.«

»Auch bei Markus Naumann könnte Geld das Motiv sein«, warf Jule Janssen ein. »Nur ein Teil von fünfhundert Millionen reicht, um ein ganzes Leben davon zu bestreiten.«

»Ohne Zweifel«, bestätigte Josefine Herbst. »Mit diesem Motiv gibt es mehrere Verdächtige. Lotta Specht, Mark Naumann, Christiane Naumann und vielleicht sogar Lena Veits oder einer ihrer Eltern.«

»Oder jemand, der noch aus dem Hut springt«, meinte Jule Janssen.

Friedjof Winter lief vor die Moderationstafeln und sah sich die Fotos der Beteiligten nochmal genau an. »Ich glaube, die Anwältin, Lotta Specht, können wir bedingt ausschließen. Sie sagte, sie legt keinen Wert darauf, etwas von Markus Naumann zu erben, da sie ja eh mit dem Erben zusammenleben will. Aber selbst wenn das gelogen wäre, ist sie zurzeit noch verheiratet und wenn sie keine Gütertrennung und Verzicht auf Zugewinn vereinbart hätte, dann müsste sie das geerbte Vermögen mit ihrem Noch-Ehemann teilen. Da hätte sie doch sicher noch gewartet, bis sie geschieden ist. Davon weiß dann aber auch Mark Naumann. Für ihn ergibt es auch keinen Sinn, den Vater wegen des Erbes jetzt zu töten, wenn da noch ein weiterer Mann im Hintergrund davon profitieren würde. Das würde man doch nur dann machen, wenn man selbst gerade dringend Geld braucht.«

»Ja, Sie haben recht, das wirft einige Fragen auf, die es zu recherchieren gilt«, überlegte Josefine Herbst. »Ich könnte mir auch Verletzung der Gefühle als Motiv vorstellen. Immerhin sind einige unschöne Wahrheiten ans Licht gekommen. Markus Naumann hat definitiv mit den Menschen gespielt. Das kann wütend machen. Da kämen dann wiederum Lotta Specht, Mark Naumann, Christiane Naumann, Magdalena Paulsen und sogar Johanne Veits und Lena Veits in Frage. Und was ist mit Hermann Veits? Welches Motiv haben wir da?«

»Nun ja, wenn jemand hinter sein Geheimnis des vielen Geldes gekommen wäre«, spekulierte Jule Janssen.

»Dann wären Johanne und Lena Veits verdächtig«, beendete Friedjof Winter ihren Satz.

»Auch bei ihm sehe ich den Punkt der Gefühlsverletzung«, meinte Josefine Herbst. »Es käme dann auf dieselben Verdächtigen heraus, Ehefrau und Tochter. Liebe Kolleginnen und Kollegen, wir haben drei vergiftete Personen, bei denen der Anschlag immer mit dem gleichen Gift erfolgte, was auf eine Person als Täter oder Täterin schließen ließe. Aber wir haben kein, auf alle passendes übergreifendes, Motiv. Das heißt aber, dass wir noch nicht alles wissen! Wir müssen weiter recherchieren. Was hat es mit dem Unfall in der Vergangenheit auf sich? Wir müssen im Dorf fragen, ob jemand den Besucher oder die Besucherin bemerkt hat. Herr Winter und ich müssen dringend mit Hermann Veits und Onno de Boer sprechen! Es gibt noch viel zu tun. Vielen Dank für Ihre konstruktive Mitarbeit«

»Eins habe ich noch.« Friedjof Winter schrieb etwas auf einen Notizzettel und pinnte ihn an die Tafel. »Die Spurensicherung hat eine Kondolenzkarte für Erwin Paulsen gefunden mit einem etwas merkwürdigen Text.«

»So?«, fragte Josefine Herbst. »Was ist denn daran merkwürdig?«

»Es steht ein etwas abgewandelter Satz eines alten Kinderabzählreims darauf … Dat Swien is slacht.«

»Ist das der fehlende Hinweis auf einen Mord?« Josefine Herbst grübelte. »Kam diese Karte vom Mörder oder von der Mörderin? Noch eine Frage, die es zu klären gilt. Die Karte muss untersucht werden.«

»Ich möchte noch eine Theorie ins Spiel bringen«, sagte Jule Janssen. »Was wäre denn, wenn Hermann Veits der Täter ist und der Anschlag auf sich selbst nur als Ablenkungsmanöver gedacht war? Er könnte mit beiden Männern einen Konflikt gehabt haben, von dem wir noch gar nichts wissen.«

»Ja, auch diese theoretische Möglichkeit müssen wir in Betracht ziehen.« Josefine Herbst bestätigte die Überlegungen. »Ein Grund mehr, mit ihm zu sprechen und Informationen von ihm zu bekommen. Letztlich könnte sogar der Pastor ein uns unbekanntes Motiv haben. Wir müssen die Fäden zusammenknüpfen. Fangen wir an!«

Die Gruppe löste sich auf und die Kolleginnen und Kollegen begannen mit ihrer Arbeit. Josefine Herbst drehte sich nochmal um und schaute auf die Moderationstafeln. »Irgendwelche Puzzleteile fehlen noch«, ärgerte sie sich. »Aber wir werden sie finden!«

»Kommen Sie«, riss Friedjof Winter sie aus den Gedanken. »Wir fahren jetzt ins Krankenhaus und sprechen mit Hermann Veits.«

»Ja, gute Idee!«

Als beide in den Flur des Präsidiums kamen, stand dort eine Frau, die offensichtlich gewartet hatte. Sie war mittleren Alters, hatte rot gefärbte Harre, trug adrette Businesskleidung und wirkte gestresst.

»Moin, Frau Fischer, was macht denn die hiesige Presse schon hier?« Friedjof Winter begrüßte die Frau und stellte sie Josefine Herbst vor. »Das ist unsere freie Emder Journalistin, Renate Fischer.«

»Ich wollte Sie gerne zu den beiden Morden in Wybelsum befragen.«.

»Woher haben Sie die Information, dass es in Wybelsum zwei Morde gegeben haben soll?«, fragte Josefine Herbst skeptisch.

Renate Fischer grinste. »Ach, wissen Sie Frau Kommissarin, meine Eltern wohnen dort im Dorf und es gibt keine bessere Quelle als Dorfbewohner. Nirgendwo sonst verbreiten sich Neuigkeiten so schnell. Ich glaube, die sind da sogar schneller als das Internet. Also, was können Sie mir sagen?«

»Nichts«, antwortete Josefine Herbst bestimmt. »Sie wissen vermutlich mehr als wir, wenn sich die Informationen in dem Dorf so schnell herumsprechen.«

»Aber es gab zwei Morde, oder?«, hakte Renate Fischer nach. »Erwin Paulsen und Markus Naumann, richtig?«

»Kennen Sie die beiden Herren?« Josefine Herbst antwortete mit einer Gegenfrage.

»Klar, ich bin dort aufgewachsen. Wir sind nach Wybelsum gezogen, als ich ungefähr zwölf Jahre alt war. Das Vierer-Kleeblatt, Markus, Erwin, Hermann und Onno kennen wir dort wohl alle. Was ist auf dem Hof denn nun passiert? Und wer ist mit dem Hubschrauber abgeholt worden?«

»Was können Sie mir über die vier Männer sagen?«, ignorierte Josefine Herbst die Frage.

»Hören Sie mal.« Renate Fischer wurde ungehalten. »Ich bin hier, um Informationen zu bekommen, nicht, um welche zu geben.«

»Schade eigentlich«, zuckte Josefine Herbst mit den Achseln. »Wir können dringend Hinweise gebrauchen.«

»Na ja, vielleicht könnte ich mich dazu durchringen, wenn Sie mir zumindest meine Fragen beantworten«, versuchte es Renate Fischer diplomatisch.

»Ich kann Ihnen sagen, dass es zwei Todesfälle gegeben hat. Erwin Paulsen starb vor circa vier Wochen und Markus Naumann vor zwei Tagen. Wir ermitteln in alle Richtungen. Es gibt kein eindeutiges Motiv für Mord und auch keine erkennbaren Verdächtigen. Das ist unser jetziger Stand. Die Spurensicherung und die

Pathologie sind im Einsatz. Ach ja, der Hubschrauber kam für Hermann Veits, der beim Sport einen Schwächeanfall erlitten hat. Und, was wissen Sie über die Herren?«

»Nun, was soll ich sagen? Markus Naumann war der Chef. Er bestimmte alles. Seine drei Freunde waren ihm treu ergeben und später auch deren Frauen. Der war einfach ein unglaublich kluger Stratege.«

»Kennen Sie auch die Frauen?«, fragte Josefine Herbst erstaunt.

»Ja klar, ich bin mit allen dreien zur Schule gegangen. Das war für uns alle total merkwürdig, dass die drei sich gleichzeitig in dieses Quartett hineingeheiratet haben. Aber sie sind immer unzertrennlich geblieben. Es gab regelmäßige Treffen und gemeinsame Urlaube. Bin gespannt, wie sich das jetzt entwickelt, ohne den Planer im Hintergrund. Dass da jemand auf Markus Naumann wütend war, das kann ich mir gut vorstellen, der dominierte schließlich alle. Aber Erwin Paulsen? Der war doch depressiv, hatte zwar viel Geld, war aber nie glücklich.«

»Vielen Dank für dieses Statement.« Josefine Herbst gab der Journalistin die Hand. »Entschuldigung, wir sind ein bisschen in Eile. Sicher werden wir uns noch einmal sehen.«

»Auf Wiedersehen«, zeigte Friedjof Winter auf die Tür.

Renate Fischer verstand, drehte sich um und verließ den Flur. Josefine Herbst ging nochmal zurück in den Konferenzraum und schrieb *Spinne* über das Bild von Markus Naumann. Dann wandte sie sich zu Friedjof Winter. »Nun fahren wir ins Krankenhaus. Ich habe einige Fragen!«

Sommer 1976

Sie saß hinten auf dem Moped ihres Freundes und klammerte sich an ihm fest. Die Kurven waren ihr unheimlich. Das Moped lag fast quer auf der Straße und sie hatte das dringende Bedürfnis, sich mit ihrem Körper in die entgegengesetzte Richtung zu bewegen. Das aber, so hatte er erklärt, würde zum Sturz führen. Deshalb versuchte sie, die Angst in den Griff zu bekommen und sich, wie von ihm angewiesen, in die Kurve fallen zu lassen. Der Helm drückte auf ihrem Kopf und der Fahrtwind heulte. Sie waren auf dem Weg zum Kleinen Meer, einem Binnensee in Ostfriesland. Ein Zelt, Verpflegung und Badezeug hatten sie im Gepäck. Sie wusste, warum er das Zelt mitgenommen hatte. Es sollte dazu dienen, sie beide vor den Blicken der anderen Badegäste zu schützen und eine intime Umgebung zu schaffen. Ihre Freundschaft näherte sich den ersten sexuellen Erfahrungen und es gab eine unausgesprochene Übereinkunft, dass heute mehr passieren würde. Mit ihrer Freundin hatte sie darüber gesprochen, dass sie vielleicht bald weitergehen müsse als nur küssen und umarmen in Kleidung. Von ihr hatte sie diverse Ratschläge bekommen. Aber auch das hatte ihre Angst nicht beruhigen können. Irgendwann hatte sie entschieden, sich einfach fallen zu lassen. Trotzdem fuhr sie mit sehr gemischten Gefühlen in diesen heißen

Sommertag hinein. Sie erreichten das Ziel. Die Sonne spiegelte sich auf dem Wasser. Kleine Segeljollen zogen ihre Bahnen und viele Kinder spielten in dem flacheren Rand des Gewässers. Schnell waren das kleine Zelt aufgebaut, die Decken davor auf die Wiese gelegt, die Luftmatratze aufgepumpt und das Badezeug angezogen. Sie sprangen beide in den See.

Er umarmte und küsste sie. »Ist es nicht schön hier, Nane? Komm, wir schwimmen ein bisschen raus.«

Das kühle Wasser wirkte entspannend und sie genoss es, sich darin zu bewegen. Er hatte recht, es war wunderschön. Sie schwammen beide eine ganze Weile ruhig nebeneinander her.

»Hast du Hunger?«, fragte er. »Wollen wir eine kurze Pause machen und etwas essen und trinken?«

»Ja, gerne«, antwortete sie und folgte ihm zum Ufer.

Sie trockneten sich ab, holten Kekse und Cola aus dem Zelt und setzten sich mit dem Blick auf das Wasser auf die Decken davor.

»Wissen deine Eltern, dass wir hier sind?«

»Nein, natürlich nicht. Sie hätten es niemals erlaubt. Ich muss spätestens um sechs wieder zuhause sein. Offiziell bin ich mit Ute in der Badeanstalt.«

Er schaute auf seine Armbanduhr, die er in der Hosentasche seiner Jeans deponiert hatte. »Oh, es ist schon vier.«

Sie reagierte nicht darauf und lutschte an dem Strohhalm ihrer Cola.

»Kannst du mir bitte meinen Rücken eincremen?«, fragte er. »Ich verbrenne sonst noch. Oder vielleicht legen wir uns ein bisschen ins Zelt? Da besteht auch keine Sonnenbrandgefahr. Hier sind auch irgendwie viele Mücken, findest du nicht?«

Wie kann er nur glauben, dass ich nicht merke, worauf das alles abzielt, dachte sie. »Mein Bikini ist noch nass, ich möchte ihn erst in der Sonne trocknen lassen.«

»Im Zelt könntest du ihn ausziehen«, versuchte er sie zu überzeugen.

Sie wurde nervös und schaute ihn ängstlich an. Ich werde es nicht verhindern können. Er wird merken, dass ich versuche, ihn hinzuhalten. Das wird ihn kränken.

»Komm schon, Baby«, drängelte er, öffnete den Reißverschluss des Zeltes und krabbelte hinein. Sie atmete tief durch und folgte ihm. Drinnen legte er sich lang mit dem Rücken auf die Luftmatratze und signalisierte, dass sie sich in seinen Arm legen solle. Sie tat es und legte sich verkrampft neben ihn.

»Ich liebe dich, Nane.« Er streichelte ihr Gesicht und küsste sie zärtlich.

»Ich dich auch«, erwiderte sie zaghaft seinen Kuss.

Er begann, sie mit der einen Hand zu streicheln und mit der anderen versuchte er, die Schleife ihres Bikinioberteils zu öffnen. Kurzerhand zog sie es einfach aus, weil ihr seine ungelenken Bemühungen leidtaten.

Er fing nun an, ihre Brüste zu kneten und an ihnen zu lutschen.

»Du bist so sexy, Baby«, flüsterte er. »Du machst mich ganz heiß.« Dann nahm er ihre Hand in seine und führte sie langsam seinen Bauch hinab. »Fühl mal, *er* zeigt es dir.«

Sie begann zu weinen. Dann stieß sie seine Hand weg, setzte sich auf und schlug die Hände vors Gesicht. »Lass das bitte. Lass uns aufhören«

»Wie aufhören?«, fragte er erstaunt und stützte sich auf seine Ellenbogen. »Wir fangen doch gerade erst an. Findest du es nicht schön?« Langsam zog er sie wieder runter zu sich und drückte ihren Körper an seinen.

»Vielleicht«, sagte sie vorsichtig, lag da und tat nichts.

Er küsste sie am Hals, fummelte an ihr herum und ging mit seiner Hand in ihre Bikinihose, die er langsam hinunterschob.

»Bitte nicht«, flehte sie. »Ich kann es nicht, wirklich.«

»Baby, ich kann doch jetzt nicht mehr aufhören«, flüsterte er in ihr Ohr. »Zier dich doch nicht so. Ich kann fühlen, dass du es auch magst.«

Mein Körper vielleicht. Mein Kopf aber nicht, dachte sie. Dennoch gab sie ihren Widerstand auf und ließ ihn gewähren. Ihre Freundin hatte gesagt, dass es viel zu schnell vorbeigehen würde. Für sie fühlte es sich an wie eine Ewigkeit. Sie schloss die Augen und er tat, was sein Instinkt ihm gebot. Danach ließ er sich erschöpft von ihr herabfallen. Mit zittrigen Händen zog sie ihren Bikini wieder an, verließ das Zelt und sprang in das kühlende Wasser. Sie schämte sich so sehr. Ihr Kopf war völlig leer und sie schwamm mechanisch immer wieder einen Kreis auf dem See. Sie wusste nicht, wie lange sie schon geschwommen war, als er am Ufer auftauchte. »Nane, komm zurück, es tut mir leid, wirklich. Ich wollte das nicht so.«

Er wollte es nicht so. Ich wollte es gar nicht. Trotzdem ist es passiert. Warum machen wir etwas, was wir nicht wollen? Sie schwamm zurück und stieg aus dem Wasser. »Ich werde es nie wieder tun«, sagte sie ihm kalt. »Nie wieder, hörst du!«

»Was ist bloß los mit dir Nane?«, fragte er und zündete sich eine Zigarette an.

»Wie spät ist es?«, bekam er zur Antwort.

Sie liefen zum Zelt. Er holte seine Uhr erneut aus der Jeans. »Sechs, wir werden es wohl nicht mehr rechtzeitig schaffen können.«

Sie zog ihre Kleidung über den nassen Bikini. Stumm räumten beide zügig den Platz auf und machten sich auf den Rückweg. Wieder klammerte sie sich auf dem Moped an ihn, aber sie wusste, sie war ihm nicht mehr nah. Als sie an der Straßenecke ankamen, wo sie am frühen Nachmittag ihr Fahrrad abgestellt hatte, stieg sie ab und gab ihm stumm den Helm zurück. Er sah sie an und nahm ihre Hand.

»Nane, ich liebe dich doch.«

»Liebe, was ist das?« Sie drehte sich um, nahm ihr Fahrrad und fuhr los. Er überholte sie und winkte noch einmal. Fünf Minuten später schlich sie sich ins Haus. Sie war eine Stunde zu spät und ahnte, dass es Ärger geben würde. Als sie in den Hausflur kam, wurde sie dort von ihrer Mutter erwartet.

»Wo bist du gewesen? Lüg mich ja nicht an, mit Ute im Schwimmbad warst du nicht!«

»Ich war mit Manuel am kleinen Meer, wenn du es genau wissen willst«, sagte sie patzig und wollte an der Mutter vorbei die Treppe hochlaufen. Doch oben auf der Treppe stand ihr Vater und an dem würde sie nicht vorbeikommen.

»Ich habe dir gesagt, dass deine Tochter eine faule Schlampe und widerliche Hure ist«, fauchte ihre Mutter. »Nie hilft sie bei der Hausarbeit, nie räumt sie ihr Zimmer auf, dafür treibt sie es jede Woche mit einem anderen in aller Öffentlichkeit.«

»Was weißt du schon von mir?« Nane schrie ihre Mutter an. »Nichts! Gar nichts!«

»Sei still!«, schimpfte ihr Vater. »Diese Frechheiten kannst du dir sparen! Du hast eine Woche Hausarrest, ist das klar!«

»Aber in dieser Woche ist unsere Schulparty«, versuchte sie ihm zu erklären, dass das nicht gehen würde.

»Da wirst DU ganz sicher nicht sein«, schrie ihre Mutter. »Wir werden dir schon noch beibringen, was sich für ein gutes Mädchen gehört.«

»Das dürft ihr gar nicht mehr! Ich bin schon sechzehn Jahre alt. Da lasse ich mir das nicht mehr gefallen. Ihr könnt mich nicht mehr einsperren.« Sie hatte nicht bemerkt, wie ihr Vater nach unten gelaufen war, als sie mit der Mutter sprach. Sie spürte seinen festen Griff an ihrem Arm und sah den Kleiderbügel in seiner Hand.

»Du wirst es begreifen!«, sagte ihr Vater wütend und schlug mit dem Bügel auf ihre Beine.

»Du kannst mich schlagen, so lange du willst.«, Nane zeigte keine Regung, obwohl ihr die Oberschenkel brannten wie Feuer. »Ich lasse mich nicht mehr einschließen.«

Ihr Vater schlug wieder und wieder zu. Als er kurz seinen Griff an ihrem Arm lockerte, rannte sie nach oben in ihr Zimmer und schloss es ab. Sie lauschte an der Tür. Ihr Vater kam ihr nicht nach. Sie hörte, wie die Mutter schimpfte und zum Vater sagte, dass Dele so etwas niemals gemacht hätte.

»Das kannst du gar nicht wissen« tröstete sie sich leise.

Die Eltern gingen zusammen unten ins Wohnzimmer. Die Tür zum Flur wurde zugeschlagen. Sie kauerte sich auf ihr Bett und wollte zum Trost mit dem kleinen Kassettenrekorder Musik hören. Doch der Vater hatte wieder einmal zur Strafe den Strom abgestellt.

Sie hatte sich selbst eingesperrt, das wurde ihr klar. Nichts zu trinken und kein Essen. In ihrem Rucksack fand sie noch einen letzten Keks, den sie gedankenverloren knabberte. Die Schmerzen an ihren Beinen wurden stärker. Rote lange Striemen zeichneten sich ab. Sie würde bei dem heißen Wetter nur mit langer Hose zur Schule gehen können und beim Sport müsste sie sich etwas einfallen lassen, um nicht mitmachen zu müssen. Draußen wurde es schon dunkel. Sie hatte eine lange Zeit einfach nur still auf dem Bett gesessen und die Wände angeschaut. Über ihr an der Dachschräge hatte sie mit einer Stecknadel an der Tapete ein selbstgemaltes Bild befestigt. Darauf waren zwei sich küssende Ottifanten abgebildet und darüber stand in krakeliger Schrift, *Wenn ich groß bin, will ich auch mal lieben.* Sie sah das Bild an. Dann liefen endlich die erlösenden Tränen. Sie weinte sich in den Schlaf. Wieder einmal träumte sie, sie würde sterben und sah ihre Eltern trauernd an ihrem Grab stehen. Irgendwann nachts wurde sie von Schmerzen geweckt. Die Striemen auf den Beinen waren rotglühend und angeschwollen. Sie stand auf, packte einige Shirts und Unterwäsche in ihren Rucksack, schlich sich leise nach unten und kletterte aus dem kleinen Badezimmerfenster. »Ich werde nicht wieder hierher zurückgehen«, sagte sie sich trotzig, als sie das Grundstück verließ. »Ich bin sowieso ganz allein auf der Welt. Dann ist es egal, wo ich bin. Überall ist es besser als hier.« Sie rannte die Straße hinunter in die Dunkelheit.

Herbst 2005

Der Polizist vor dem Krankenzimmer von Herman Veits grüßte freundlich, als Josefine Herbst und Friedjof Winter eintrafen. Er meldete keine besonderen Vorkommnisse. Alles sei ruhig. Sie bedankten sich und traten in das Zimmer.

»Guten Tag Herr Veits, wie geht es Ihnen?«, grüßte Friedjof Winter und schloss die Tür.

»War schon mal besser. Aber vielen Dank, dass Sie mich mit einem Hubschrauber hierherbringen ließen. Das hat mich wohl gerettet.«

»Nein, es wäre Ihnen auch so nichts passiert«, erklärte Josefine Herbst. »Sie haben Glück gehabt. Um an dem Konzentrat Digitalis in Ihren Bonbons zu sterben, hätten Sie mindestens zwei in dieser Form präparierte Packungen in sehr kurzer Zeit verzehren müssen. Das hat aber vielleicht der- oder diejenige nicht gewusst, als die Bonbons vergiftet wurden. Also wie Sie sich denken können, haben wir nun ein paar offene Punkte zu klären. Wer könnte ein Interesse daran haben, Sie, salopp gesagt, aus dem Weg zu räumen?«

»Das müssen Sie denjenigen oder diejenige fragen, der oder die dafür verantwortlich ist. Ich habe keine Ahnung, wirklich. Ich habe nie irgendwem etwas getan, habe kein Geld und bin auch sonst völlig uninteressant.«

»Na ja, das mit dem Geld stimmt ja nicht so ganz«, widersprach Friedjof Winter. »Da machen Sie uns jetzt nichts mehr vor.«

»Wie?« Hermann Veits war sichtlich erschrocken. »Sie haben das mit meiner Erbschaft herausgefunden? Haben Sie das etwa schon Johanne und Lena gesagt?«

»Nein, wir wollten zuerst mal von Ihnen wissen, warum niemand davon weiß.« Josefine Herbst versuchte ihn zu beruhigen.

»Tja, vielleicht werden Sie es mir nicht glauben, aber ich mag Geld nicht. Das klingt sicher unglaubwürdig in der heutigen Gesellschaft. Aber die ist genau der Grund dafür. Alles wird doch nur noch nach Geld bewertet und diese Bewertung ist vollkommen surreal. Da kann jemand schuften in einem Beruf, der für die Menschen essentiell ist und verdient einen Hungerlohn, ist damit also ein Niemand und nichts wert. Auf der anderen Seite gibt es Manager, die werden mit Millionen prämiert dafür, dass sie die ihnen unterstellten Menschen am besten ausbeuten. Das sind unsere Helden. Schauen Sie im Sport, in der Kunst oder im Entertainment, überall dasselbe. Es geht nur ums Erwerben von viel Geld. Die Sache selbst rückt in den Hintergrund. Das alles ist krank und macht mich krank. Das Geld von mir ist nur für meine Tochter Lena, wenn ich mal nicht mehr bin.«

»Aber warum wollen Sie Ihrer Tochter Geld vermachen, wenn Sie es doch so ablehnen?«, fragte Friedjof

Winter. »Und was ist mit dem Erbe von Markus Naumann? Warum soll sie sich auch noch um das Geld bemühen? Wollen Sie sie bestrafen?«

»Nein, natürlich nicht«, antwortete Hermann Veits ärgerlich. »Wir leben doch nun mal in diesem Raffgeiersystem und meine Tochter ja wohl auch. Ich kann es ablehnen, aber ich kann nichts daran ändern. Alle Bedingungen um mich herum sind diesem Prinzip unterworfen. Da gibt es kein Entkommen. Deshalb habe ICH mich entzogen, habe mein Geld einfach ignoriert und nie angerührt. Es war nicht vorhanden für mich! Ich habe mein Leben ohne das Geld geführt, als armer Künstler, als Loser der Gruppe. Nur so kann ich es einigermaßen vor mir selbst aushalten. Meine Tochter muss ihre Haltung für sich selbst entscheiden. Aber zurück zu ihrer Eingangsfrage. Da niemand von dem Geld weiß, sollte ich auch bestimmt nicht deswegen aus dem Leben scheiden, oder?«

»Könnte so sein«, überlegte Josefine Herbst. »Aber sagen Sie, haben Sie auch schon vor dem Tod ihrer Freunde von der pädophilen Neigung von Erwin gewusst?«

»Wir Männer wussten es alle, Frau Kommissarin«, sagte Hermann Veits mit einem Lächeln im Gesicht. »Bei den Frauen bin ich mir ziemlich sicher, dass sie nichts davon wussten. Wir Kerle haben unsere sexuellen Geheimnisse gut gehütet. Für mich war Erwin ein bedauernswerter Mann, der aus seiner absurden Lust nicht rauskam. Spaß hat er daran nicht gehabt.«

»Sie haben aber Ihre Tochter dennoch dort hingehen lassen? Obwohl Ihnen klar sein musste, was dort passiert. Das verstehe ich nicht, warum?«, fragte Josefine Herbst weiter.

»Er hat die Mädchen doch nie angefasst. Das hat er uns hoch und heilig versprochen. Er hat immer nur geschaut. Das tut doch nicht weh.«, brummte Hermann Veits.

»Unglaublich!« Friedjof Winter schüttelte den Kopf. »Das kann ich nicht begreifen.«

»Ach, können Sie nicht? Hermann Veits atmete tief durch. »Wissen Sie, wenn irgendjemand von uns etwas gesagt oder getan hätte, was das heilige Bild unserer intakten Familien und unserer sensationellen Freundschaft auch nur ansatzweise in Frage gestellt hätte, dann wären wir verloren gewesen. Wir waren gefangen in unserer eigens erschaffenen Welt. Unser Spiel hatte sich vollkommen verselbstständigt. Jetzt, durch die dramatischen Ereignisse, jetzt, ist alles vorbei. Wir finden uns nicht mehr zurecht. Und stellen Sie sich vor, sosehr ich immer dieses Schauspiel verachtet habe, vielleicht auch weil meine Rolle darin nicht so toll war, sosehr vermisse ich es jetzt. Keiner von uns weiß, wie es weitergeht. Das Spiel ist definitiv aus. Willkommen in der Realität. Vielleicht ist sogar irgendjemand von uns ein Mörder oder eine Mörderin. Wir können untereinander niemandem mehr vertrauen. Haben Sie eine Ahnung, wie einsam wir gerade geworden sind?«

»Ja, Sie werden es nicht glauben, aber das haben wir«, antwortete Josefine Herbst. »Ich vertraue grundsätzlich nur sehr selten und ich glaube, Herrn Winter geht es genauso. Wir sind schon von Berufs wegen misstrauisch.«

»Stimmt«, bestätigte Friedjof Winter und sah zur ihr herüber. »Wir bauen uns kein Illusionsgebilde, wir bleiben in der Realität. Allein schon, weil uns definitiv nichts Menschliches fremd ist. Darum sind wir wohl auch immer wieder allein.« Er wandte sich wieder an Hermann Veits. »Aber es erstaunt mich schon sehr, dass Sie für diese fadenscheinige heile Welt sogar Ihre Tochter einem Pädophilen überlassen haben.«

Es klopfte an der Tür. Johanne und Lena Veits wollten ins Krankenzimmer. Josefine Herbst schob beide wieder zur Tür heraus. »Es tut mir leid, Sie müssen noch ein bisschen draußen warten, wir geben Ihnen Bescheid. Gehen Sie doch noch unten in der Cafeteria einen Tee trinken.«

»Ist es Ihnen eigentlich völlig egal, dass Ihre Tochter vielleicht gar nicht Ihre Tochter ist?«, fragte Friedjof Winter weiter.

Hermann Veits lachte laut. »Das weiß ich doch sogar ganz sicher. Ich war als Kind ziemlich schlimm an Mumps erkrankt und bin seitdem zeugungsunfähig.

Lena kann nicht meine Tochter sein. Aber, glauben Sie mir, sie ist trotzdem das Beste, was in meinem Leben passiert ist und ich liebe sie über alles.«

»Weiß Ihre Frau das auch?«, fragte Josefine Herbst.

»Nein! Sie soll es auch nie erfahren, auch von Ihnen nicht.«

»Sie haben ja wirklich sehr viele Geheimnisse vor Ihrer Familie. Ihre Frau hat uns erzählt, dass Sie ihr in einem schwachen Moment im Vertrauen gebeichtet haben, dass es in Ihrer Jugend einen Unfall gab«, fuhr Josefine Herbst fort. »Was hat es denn damit auf sich?«

»Sie buddeln aber auch wirklich alles aus.« Hermann Veits wurde mürrisch. Er trank etwas Wasser aus einer Flasche, die er am Bett stehen hatte. Josefine Herbst konnte sehen, dass er mit sich rang.

»Ja gut, es gab einen Unfall. Wir waren zu viert samstagabends in Emden, hatten die ganze Nacht gefeiert und getrunken. Sicher waren wir morgens noch nicht ganz nüchtern auf der Rückfahrt nach Wybelsum. Erwin fuhr, er meinte, er könnte es noch. Plötzlich ist dann dieses Kind mit dem Fahrrad auf die Landstraße gefahren, einfach so vor das Auto. Mein Gott, haben wir uns erschrocken. Diesen Knall des Aufpralls kann ich heute noch hören. Tja, was soll ich sagen, wäre Erwin nüchtern gewesen, hätte er vielleicht schneller reagiert. Keine Ahnung. Das Mädchen ist am nächsten Tag im Krankenhaus gestorben. Ein Erlebnis, auf das ich in meinem Leben lieber auch verzichtet hätte.«

»Wissen Sie, wer die Familie des Kindes war?«, hakte Josefine Winter nach. »Wann war das genau? Gab es eine polizeiliche Ermittlung?«

»Nein, es gab keine Polizei vor Ort. Der Vater hat den Unfall später bei der Polizei gemeldet und die Schuldfrage war klar, deshalb gab es auch kein Verfahren. Von der Familie haben wir nach der Beerdigung nie wieder etwas gehört oder gesehen. Glücklicherweise! Im Sommer 1967 war das. Eine geile Zeit, Beatles, Rolling Stones, Drogen und so, Sie wissen schon.«

»Wo war die Beerdigung?«, fragte Friedjof Winter.

»Auf dem lutherischen Friedhof in Emden in der Auricher Straße. War es das jetzt? Ich bin wirklich ein bisschen müde und meine Familie wartet doch auch schon.«

»Gut«, sagte Josefine Herbst. »Aber eine Frage hätte ich noch. Was sagt Ihnen der Satz *Dat Swien is slacht*?«

Hermann Veits überlegte kurz. »Das ist ein Abzählreim aus meiner Kindheit. Dat Swien word slacht, dat Swien word slacht, dat heele Dörp is all versmacht. Den haben wir früher oft beim Spielen auf der Straße benutzt. Erwin mochte den Spruch besonders gerne. Gab es, glaube ich, auch als Lied und gesungen.«

»Vielen Dank.« Josefine Herbst schüttelte ihm die Hand und gab Friedjof Winter ein Zeichen. »Wir melden uns dann einfach nochmal, falls noch weitere Fragen auftauchen. Werden Sie erstmal wieder gesund.

Ach… und tun Sie mir einen Gefallen. Nehmen Sie nichts Essbares oder Getränke von jemand anderem an, als von einer Krankenschwester. Nicht einmal von Ihrer Familie. Sie wissen ja, Sie können niemandem mehr vertrauen und wir auch nicht.«

Josefine Herbst und Friedjof Winter verließen das Krankenhaus und stiegen ins Auto. Sie hatten auf dem Weg durch das Gebäude in der Cafeteria Johanne und Lena Veits Bescheid gegeben, dass ein Besuch jetzt möglich wäre. Während der Fahrt zum Polizeikommissariat waren beide nachdenklich und schwiegen.

Als sie auf dem Parkplatz ankamen, blieb Josefine Herbst im Auto sitzen. »Ist das Leben eigentlich immer eine Ansammlung von Lügen und Illusionen? Gibt es dann überhaupt ein wahrhaftes Leben?«

»Nur das, an welches wir glauben.«

»Inwiefern?«

»Na ja, ich denke, wir können nicht grundsätzlich alles in Frage stellen. Wir müssen an irgendetwas glauben. Eine eigene Wahrheit, wie ein Kompass, der uns bestimmt. Ich denke, jeder Mensch hat so etwas. Nur das gibt uns Sicherheit. Sonst wären wir ja verloren im Chaos.«

»Also, wir vertrauen unseren persönlichen Annahmen und handeln danach? Funktioniert das wirklich?«

»Für den Einzelnen schon, aber nicht immer in der Gemeinschaft, sonst wären wir beide ja arbeitslos. Es gibt Risse, Lügen, solche Wahrheiten, die zu Taten führen, die nicht mehr zum großen Ganzen passen.«

»Ja, das stimmt, ich verstehe, was Sie meinen. Jeder Raub, jeder Mord, jeder Übergriff hat ein Motiv, sozusagen eine eigene Wahrheit, die zwar für die Handelnden eine Rechtfertigung ist, aber mit den allgemeingültigen Gesetzen definitiv nicht übereinstimmt. Ich frage mich, was diese scheinbar über dreißig Jahre andauernde Wahrheit der Freunde und deren Frauen so ins Wanken gebracht haben, dass eine oder einer von ihnen vielleicht zur Mörderin oder zum Mörder wurde? Was ist da passiert?«

»Ich habe schon überlegt, dass auch Markus Naumann vielleicht gar nicht sterben sollte. Immerhin hat er eine ganze Flasche Wein in sehr kurzer Zeit geleert. Hätte er nur ein Glas getrunken, oder auch zwei, wäre es ihm ergangen wie Hermann Veits. Dann hätte die Menge nicht ausgereicht. Er wäre mit dem Schrecken davongekommen. Vielleicht war es so geplant.«

»Ja, da haben Sie wohl recht. Vielleicht war es ein dummes Versehen. Vielleicht war es aber auch umgekehrt und der Fehler lag bei Hermann Veits in der Dosierung. Das wissen wir nicht. Was aber ist mit Erwin Paulsen? Vielleicht, vielleicht, vielleicht... wir stochern definitiv immer noch im Nebel. Was die Möglichkeit anbetrifft, dass Hermann Veits selbst der Täter ist, so hat er meine optionalen Motive nicht bestätigt. Er wusste ohnehin, dass seine Tochter von Markus Naumann gezeugt wurde und die pädophile Neigung von Erwin Paulsen war für ihn kurioserweise auch

nicht bedrohlich. Es ist kein klares Bild zu erkennen.«
Sie zögerte einen kurzen Moment, fragte dann aber
doch. »Sagen Sie, können Sie sich eigentlich an ihr erstes Mal erinnern?«

»Wie bitte? Wieso fragen Sie mich das denn jetzt?«

»Können Sie?«

»Klar, das vergisst man doch nicht. Diese Angst, zu
versagen, die riesige Neugierde auf das, was passiert
und dann die völlig überwältigenden Gefühle. Das behält man doch immer in Erinnerung. Aber warum um
alles in der Welt wollen Sie das wissen?«

»Ich habe eine Freundin, Sybille.«

»Ach so, deshalb.« Die Ironie in seiner Stimme war
nicht zu überhören.

»Nun warten Sie doch mal ab. Sybille schreibt kein
Tagebuch. Aber, sie bewahrt zur Erinnerung an besondere Lebensereignisse kleine Gegenstände auf. In schö-
nen Schachteln.«

»Sie denken, die kleine Kiste von Erwin Paulsen ist
so eine Erinnerungsschachtel?«

»Ja, ich überlege, ob Erwin Paulsen diese Kiste zur
Erinnerung an sein erstes Mal mit einem Kind hat.«

»Wieso? Wie kommen Sie denn darauf?«

»Dieses Buch, *Lotta aus der Krachmacherstraße*, ist
nicht unbedingt ein Buch für Jungen. Das haben damals eher Mädchen zu lesen bekommen. Dann der Autoschlüssel. Vielleicht ist es in einem Auto passiert. Die
trockene Erde sagt mir allerdings gar nichts. Stellen Sie

sich einfach mal vor, Sie seien sexuell irgendwie anders als das, was wir vorhin so lapidar als allgemeingültig bezeichnet haben. Also anders als heterosexuell. Wie würde man diese erste sexuelle Erfahrung erleben? Das eigene Erkennen der Abnormität? Ich kann es mir einfach nicht vorstellen. Hat er sich vielleicht sogar in dieses Kind verliebt? Sind die Dinge in der Kiste Erinnerungen daran?«

»Hat das etwas mit unseren Morden zu tun?«

»Der Kinderreim…warum schickt jemand so eine Karte? Kam sie von dem ersten Mädchen? Hermann Veits sagte, Erwin hätte es gerne gesungen. Was, wenn er es ihr vorgesungen hat? Ich weiß, Sie haben recht, ich reime zu viel zusammen. Vermutlich ist das alles völlig absurd, aber mein Bauchgefühl sagt mir, dass das mit allem zu tun hat. Schauen wir, was Jule Janssen herausbekommen hat. Sie wird die Alibis überprüft und auch die Motive weiterverfolgt haben. Ihr liegt es weniger zu spekulieren, sie ist eine Frau der Fakten.«

Beide stiegen aus dem Auto und gingen zügig ins Gebäude, denn es hatte schon wieder angefangen zu regnen.

Jule Janssen saß konzentriert an ihrem Computer, als Josefine Herbst und Friedjof Winter in ihr Büro kamen.

»Haben Sie Neuigkeiten?«, fragte Josefine Herbst.

»Ja, selbstverständlich«, antwortete Jule Janssen. »Ich könnte kurz mal zusammenfassen, was ich telefonisch herausgefunden habe.«

»Ja, gerne«, nickte Josefine Herbst und setzte sich auf einen der Besucherstühle. Friedjof Winter blieb im Türrahmen stehen. »Ich bin gespannt.«

»Da wir ja wissen, dass alle Beteiligten beim Mord an Markus Naumann den ganzen Tag direkt vor Ort waren, lässt sich schlecht herausfinden, wann die Flasche präpariert wurde. Deshalb ist ein Alibi hierfür obsolet. Aber das sieht natürlich ganz anders aus für das Wochenende des Todes von Erwin Paulsen. Auch wenn wir immer noch nicht genau wissen, ob es Mord war, habe ich da mal nachgehakt. Seine Frau Magdalena war an dem Wochenende bei ihrer Tochter und deren Mann in Oldenburg. Das hatte sie uns auch gesagt und das wurde von dem Noch-Ehemann von Lotta Specht, dem Staatsanwalt Roland Specht, bestätigt. Allerdings sagte er auch, dass seine Schwiegermutter am Samstagabend alleine im Theater war und er wisse auch nicht, wie spät sie zurückkam. Sie hätte also theoretisch nach Emden fahren können und danach wieder nach Oldenburg zurück. Das ist in zwei Stunden machbar. Für Lotta Specht hat ihr Noch-Mann versichert, dass sie das ganze Wochenende zusammen waren. Der scheint ihr auch wegen der Trennung wirklich nicht böse zu sein. Er war sehr kooperativ.«

197

»Also ist es klar«, überlegte Friedjof Winter. »Die Frau des Opfers hat kein sicheres Alibi.«

»So ist es«, bestätigte Jule Janssen. »Christiane und Mark Naumann waren an dem Wochenende gemeinsam mit ihrem Vater bei einer Benefizveranstaltung in Bremen. Aber sie waren beide nicht die ganze Zeit zusammen. Christiane sagt, dass sie bei ihrem Mann war. Das kann ich nicht mehr kontrollieren. Aber Mark sagt, dass sein Vater auch eine Geliebte in Bremen habe und deswegen vermutlich nicht bei seiner Mutter im Hotel war. Er selbst habe an dem Wochenende permanent Vorträge gehalten und nachts bei Lena in Oldenburg übernachtet. Die Vorträge habe ich von Gästen bestätigen lassen und Lena hat auch die Übernachtung bescheinigt. Tagsüber sei sie ebenfalls bei Lotta gewesen. Auch das hat Roland Specht bei zweiter Rückfrage bestätigt.«

»Ach, schau mal«, sagte Friedjof Winter. »Dann hat Christiane Naumann nicht wirklich ein Alibi, denn Bremen ist nah genug, um hin- und herzufahren.«

»Richtig«, bestätigte Jule Janssen erneut. »Johanne und Hermann Veits waren an dem besagten Wochenende in Emden.«

»Wie bitte?«, fragte Josefine Herbst. »Die waren nicht in Berlin?«

»Nein! Johanne hat ihre Familie in Ostfriesland besucht und Hermann war bei Onno de Boer zu Gast. Der Vater von Johanne hat den Besuch bestätigt. Er weiß aber natürlich nicht, ob sie die ganze Nacht zuhause war. Sie hat in ihrem ehemaligen Zimmer im Dachgeschoss übernachtet. Da könne er nicht mitbekommen, ob sie das Haus verlassen würde. Onno de Boer betätigt den Besuch von Hermann Veits. Gut, da geben sich zwei jeweils ein Alibi, die beide verdächtig sind.«

»Ja, das ist interessant«, überlegte Josefine Herbst. »Das hätte ich so nicht erwartet. Johanne hat somit kein Alibi, aber die Kinder sind raus.«

»Ja, genau«, bestätigte Jule Janssen. »Aber nun kommt noch etwas. Die Konten im Ausland, auf die Erwin Paulsen viel Geld gezahlt hat, gehören Markus Naumann. Wir können also davon ausgehen, dass der feine Reeder seinem Freund kinderpornografische Bilder verkauft hat.«

»Wenn er ihn erpresst hätte, hätte Erwin ein gutes Motiv gehabt«, überlegte Friedjof Winter.

»Nur, der war ja schon tot, als Markus Naumann starb«, schüttelte Jule Janssen den Kopf.

»Schade eigentlich», witzelte Friedjof Winter. »Aber vielleicht hat seine Frau die Erpressung geerbt. Immerhin liegt ihr doch mächtig viel am äußeren Schein. Vielleicht hat Markus gedroht, alles auffliegen zu lassen.«

»Wenn dem so wäre, hätte ihr sein Tod nichts genutzt. Es ist ja trotzdem alles herausgekommen.«

»Damit haben Sie auch wieder recht!«

»Die Befragung im Dorf hat leider nichts ergeben«, ignorierte Jule Janssen seinen Einwurf. »Niemand hat an dem Wochenende irgendeinen Besuch bei Erwin Paulsen mitbekommen. Ach ja, Marianne Bloch... sie hat für die Tat an Erwin Paulsen kein Alibi, sie war alleine zuhause, hatte keinen Besuch und entsprechend kann das niemand bestätigen. Unabhängig von den Alibis habe ich noch einmal zu möglichen Motiven recherchiert. Was nun das Motiv des Erbens von Lotta Specht bei Markus Naumanns Tod angeht, so ist es eine wichtige Tatsache, dass sie mit ihrem Mann keinen Ehevertrag hat. Somit müsste sie, bei einer Scheidung von ihm, die Hälfte des geerbten Geldes an ihn abgeben. Ich glaube, dass hätte sie sich gut überlegt, wenn Geld ihr Motiv wäre. Lena Veits hat nicht vor, die Vaterschaft untersuchen zu lassen. Damit kann das Geld nicht ihr Motiv für einen Mord an Markus Naumann sein. Johanne Veits hat mir erklärt, dass sie sich jetzt scheiden lassen wird. Es gibt anscheinend keinen Grund mehr, das letzte dieser Ehearrangements aufrechtzuerhalten.«

»Himmel«, sagte Friedjof Winter. »Das haben Sie alles heute herausgefunden? Respekt!«

»Wer konkret fragt, bekommt konkrete Antworten«, erklärte Jule Janssen ohne Regung. »Aber ich war es nicht allein. Ihre beiden Kolleginnen und der Kollege haben mich sehr gut unterstützt.«

»Ja, richten Sie herzlichen Dank an alle aus«, sagte Josefine Winter. »Erstklassige Arbeit. Das sind viele Informationen.«

»Die es aber nicht eindeutiger machen«, vollendete Jule Janssen.

Hermann Veits war dabei, seine Sachen in den kleinen Koffer zu packen, den er auf das Bett gelegt hatte. Nach einer weiteren Nacht im Krankenzimmer hatten die Ärzte ihm erlaubt, das Krankenhaus zu verlassen.

Die Tür öffnete sich hinter ihm und Onno de Boer kam herein. »Hallo! Ich hole dich ab. Zu Magdalena wirst du sicher nicht wollen. Du kannst jetzt gerne bei mir bleiben.«

»Das ist sehr lieb von dir.« Hermann Veits drehte sich zu ihm um. »Aber ich denke, ich werde mir ein Hotelzimmer nehmen.«

»Warum das denn? Warum kommst du nicht zu mir?«

Hermann Veits atmete tief durch, setzte sich auf das Bett und forderte Onno de Boer auf, sich auf den Stuhl im Krankenzimmer zu setzen.

»Onno, wir müssen das jetzt beenden. Johanne will sich scheiden lassen. Du wirst nicht den Mut haben, öffentlich zu unserer Neigung zu stehen. Wie soll das laufen? Ich komme einfach als guter Freund zu dir? Wie lange wird es dauern, bis die ersten Verdächtigungen ausgesprochen werden? Dein Dorf ist ein guter Beobachter. Mir hat alles, was jetzt passiert ist, gezeigt, dass ich dieses Spiel nicht mehr spielen will. In Berlin ist das kein Problem, da kann ich sein, wie ich bin. Aber hier, bei dir? Hier spielen wir nur Theater.«

»Ich dachte, das zwischen uns wäre mehr, als nur die Lust. Ich dachte, es wäre Liebe. Hast du in Berlin schon jemand anderes?«

»Du bist ein Träumer, Onno, denkst du wirklich, dass ich die ganze Zeit immer nur auf unsere gemeinsamen Urlaube gewartet habe? Es war schön, okay, es war ein super Arrangement. Wir fahren alle zusammen als Freunde weg. Markus hat seinen Spaß mit den Frauen, Erwin macht Fotos und wir haben unsere Gelegenheit. Diese Scharade ist jetzt geplatzt. Sollen wir etwa alleine fahren? Dann fliegst du womöglich auf. Willst du dir das antun, als homosexueller Pastor in dieser dörflichen Idylle Ostfrieslands zu arbeiten?«

»Ich könnte doch zu dir nach Berlin kommen?«

»Willst du es nicht begreifen? Ich will keine Beziehung mit dir! Ich bin doch froh, dass dieses bekloppte Ehearrangement jetzt ein Ende findet. Weißt du, wie lange ich schon darüber nachdenke? Als ich geheiratet habe, da war Homosexualität noch strafbar. Ich habe das mit Johanne doch nur gemacht, weil Markus es so wollte. Er hat es mir so verkauft, als wäre es für mich die perfekte Lösung. Heirat als Tarnung. Dabei ging es ihm immer nur um seine Sex-Partys mit Magdalena, Johanne und Christiane. Die haben das ja auch alles mitgemacht, um ihre Schweinereien unter dem Deckmantel der Sittlichkeit zu verstecken. Nein, Onno, diese Zeit ist jetzt vorbei und WIR damit auch!«

Er stand wieder auf und packte seinen Koffer weiter. »Ach und falls du Markus vergiftet haben solltest…«

Onno de Boer fiel ihm erschrocken ins Wort. »Warum sollte ich das getan haben?«

»Ich mein ja nur, vielleicht hat er dich erpresst wie Erwin, oder etwa nicht?«

»Ich bin Pastor, Hermann und ob du es glaubst oder nicht, ich bin auch tatsächlich gläubig und für mich gilt das Gebot, *Du sollst nicht töten*, wie kannst du nur so von mir denken? Kennst du mich so wenig?«

»Wer kennt denn überhaupt irgendjemanden? Ich kenne ja noch nicht mal mich selbst.« Hermann Veits stellte den Koffer auf den Boden. Dann beugte er sich zu Onno de Boer und küsste ihn heftig. »Mach es gut, alter Freund«, sagte er lächelnd und ging zur Tür. Dort drehte er sich noch einmal um. »Ach übrigens, ich werde zur Polizei gehen und denen alles erzählen. Ich fühle mich jetzt nicht mehr gebunden an unsere kindischen Schwüre.«

Die Tür fiel zu. Onno de Boer stand auf und blickte eine Zeitlang starr aus dem Fenster. Erschöpft setzte er sich dann langsam wieder auf den hölzernen Besucherstuhl und begann hemmungslos zu weinen. Flehend streckte er die Arme nach oben. »Hilf mir Gott, bitte hilf mir.«

Winter 2004

Sie lief durch den Gang der Klinik. Das Linoleum unter ihren Schuhen quietschte unangenehm. An den Wänden hingen Bilder mit Naturfotografien. Tiefschwarze Seen umrahmt von Bergen im Sonnenlicht oder lange einsame Sandstrände am Meer. Diese Motive sollten wohl beruhigend auf die Patienten wirken. Das Gebäude selbst lag auch sehr idyllisch an einer Berganhöhe einsam mitten im Wald. Ein Bach plätscherte direkt in der Nähe des Eingangs. Trotz all dieser Bemühungen, es wie ein schönes Hotel aussehen zu lassen, gelang es nicht, über den eigentlichen Zweck hinweg zu täuschen. Es war eine Klinik für psychisch Kranke. Für gestörte Menschen so wie sie, mit einer Krankheit im Kopf. Sie kam von ihrem letzten Gespräch. Der Professor hatte ihr mitgeteilt, dass sie austherapiert sei und es keine weitere Möglichkeit mehr gäbe, ihr zu helfen. Das bedeutete jedoch nicht, dass sie geheilt war. Nein, es gab keine Heilung. Sie würde den Rest ihres Lebens mit ihrer Krankheit leben müssen. Nur wie? Wie lebt man, wenn man keine Nacht durchschlafen kann? Wenn man von grausamen Alpträumen gequält wird? Wenn kein Tag ohne Flashbacks zu Ende geht? Diese schrecklichen Gedankenattacken, die einen überfallartig komplett ausbremsen. Sie hatte wirklich alle Therapien versucht, weil sie damit nicht mehr leben wollte. Unendlich viele Aussprachen mit diversen Spezialisten gehabt. Tausende Tränen vergossen. Gesprächsrunden mit anderen Leidenden erlebt, die genau wie sie, vielleicht auch alle keine Chance haben. Stunden mit Sport, Malen, Yoga, Tanzen, Schreien verbracht… nichts half. Warum nur? Sie wollte doch bloß ein normales Leben. Ein bisschen Freude empfinden. Glücklich sein, so wie die anderen. Bisher war es ihr gelungen, die Menschen in ihrem Alltag um sie herum zu täuschen. Niemand hatte bemerkt, wie es um sie stand. Aber wie lange würde sie das noch können? Wann würde man ihr auf die Schliche kommen? Was würde dann passieren? Die Ärzte hatten diverse Medikamente an ihr ausprobiert, aber ihr Körper hatte jedes Mal mit Widerwillen reagiert. Nach kurzer Zeit ging es ihr damit so schlecht, dass sie mit der Einnahme aufhören musste. Sie war nicht dazu geeignet, mit Tabletten ihre Stimmung aufzuhellen. Vermutlich weil sie es wusste und sich nicht selbst betrügen konnte. Sie erreichte ihr Zimmer. Zum vierten Mal war sie in diesem Raum in dieser Klinik gewesen. Draußen dachte man, sie sei in einem wunderbaren Urlaub irgendwo am Meer. Kein Mensch wusste, dass sie hier war und wie sie kämpfte. Sie setzte sich auf ihr Bett und starrte an die Wand gegenüber. Vieles hatte sie den Ärzten berichtet. Sie sprach über ihre Kindheit, den Tod ihrer Schwester und die Schuld, die ihre Mutter ihr an dem Unglück gab. Sie sprach über die Alkoholsucht ihrer

Mutter, die Strafen, den Keller, die Prügel ihres Vaters, die große Verantwortung, die sie in sich trug, für all das Leid, das nach dem Unfall kam… aber sie hatte nie über ihn gesprochen. Sie konnte es nicht. Kein Wort über das Erlebnis nach dem Unfall kam über ihre Lippen. Sie wollte es aus ihrem Leben löschen, nicht daran erinnert werden. Wäre sie doch vorher aufmerksamer gewesen, dann wäre es gar nicht passiert. Aber eine Dummheit zieht eine nächste nach sich. Noch immer fühlte sie sich gedemütigt, dass er sie ausgetrickst hatte. Wie naiv sie gewesen war, ihm einfach zu vertrauen. Wie klein, wie erbärmlich. Hätte sie sich nicht ausgezogen, wäre nichts passiert. Sie hatte es in der Hand gehabt und genau deshalb war sie selbst schuld daran, dass sie sich ihr ganzes Leben vor sich ekelte. Diese Schuld, dieser Ekel und die Scham, das wollte sie nicht aussprechen. Nein, darüber würde sie weiter schweigen. Vermutlich konnten sie ihr deswegen nicht mehr helfen. Sie war zu verschlossen. Aber so würde es definitiv bleiben. Es musste einen anderen Weg geben. Sie überlegte, vielleicht müsste sie nur ihre Demütigung korrigieren, die Kontrolle zurückbekommen. Hunger macht mutig. Menschen verlassen ihre Heimat und gehen ins Ungewisse, nur um zu überleben. Sie war immer noch hungrig nach Leben. Sie wollte ihres nicht aufgeben. Vielleicht müsste sie sich direkt mit ihrem Peiniger konfrontieren. Könnte das helfen? Statt passiv zu sein, aktiv zu werden? Tatsächlich etwas zu verändern? Ihre Gedanken sortierten sich. Es entstand ein Plan. Sie begann, ihren Koffer zu packen. Keinen Tag länger wollte sie noch hier verweilen. Sie würde das Problem endlich angehen und versuchen, sich selbst zu retten.

Herbst 2005

Als Josefine Herbst am nächsten Morgen in den Konferenzraum kam, hockten die Kolleginnen und Kollegen alle um einen Tisch herum, auf dem offensichtlich die aktuelle Tageszeitung lag. Sie selbst hatte das Blatt bereits im Hotel beim Frühstück gelesen. Ihr war klar, um welchen Artikel es ging, über den sich ihre Kolleginnen und Kollegen laut unterhielten. Zwei Morde, ein Missbrauchsskandal und eine überforderte Polizei, was braucht es mehr für einen reißerischen Aufmacher.

»Wo kann de blot sowat schrieven?«, ereiferte sich Harm Peters.

»Das nennt man Pressefreiheit«, erklärte Jule Janssen.

»Sehr richtig, Frau Janssen«, ergriff Josefine Herbst das Wort. »Guten Morgen, liebe Kolleginnen und Kollegen, ich habe schon damit gerechnet, dass es keinen objektiven Artikel geben wird, als Frau Fischer erklärte, dass sie die drei Frauen kennt. Sie wird gestern noch mit ihnen gesprochen haben und wer mag es den Damen verdenken, dass das Ganze dann derart aufgebauscht wurde.«

»Ja, aber schon die Überschrift *Polizei Schuld an Markus Naumanns Tod*? Das ist eine einzige Provokation!« Friedjof Winter war sichtlich erbost. »Wie hätten wir das denn verhindern sollen? Wir wussten zu dem Zeitpunkt ja noch nicht mal, ob Erwin Paulsen ermordet wurde. Da hätten wir ja Hellseher sein müssen, wenn wir einen Mord erwartet hätten.«

Jule Janssen blieb ruhig. »Das wissen wir bei Erwin Paulsen jetzt immer noch nicht! Noch ist nicht klar, ob es ein Mord war. Es ist unser Pech, dass wir zu dem Zeitpunkt in dem Haus waren. Wenn überhaupt, dann ist der Sturm Schuld, oder unsere Entscheidung, vor Ort zu bleiben.«

»Diese Spitze können Sie sich sparen!« Friedjof Winter blieb wütend. »Glauben Sie mir, das habe ich auch schon selbst überlegt.«

»Glücklicherweise lebt Hermann Veits noch«, sagte Josefine Herbst nachdenklich, ohne auf die Sticheleien ihres Teams einzugehen. »In dem Fall mache ich mir in der Tat Vorwürfe, zu unvorsichtig gewesen zu sein.«

»In dem Artikel steht aber auch, abgesehen von den reißerischen Aussagen, dass sie sich alle gegenseitig verdächtigen«, erklärte Jule Janssen. »Die eifersüchtige, unbekannte Geliebte steht anscheinend nicht mehr zur Debatte, obwohl die Beteiligten nicht wissen können, dass die Flasche Wein vor Ort in Wybelsum präpariert wurde.«

»Ja, das ist interessant«, sagte Josefine Herbst. »Allerdings kann ich mir auch vorstellen, wenn die Journalistin nicht gleichzeitig mit allen gesprochen hat, dass dann immer eine der anderen die Schuldige sein muss. Aber wir können nochmal nachforschen, welche Motive sich die Damen und ihre Kinder in Wybelsum ausmalen können. Die Menschen reden ja gerne über andere. Das sollten wir also leicht herausfinden.«

»Das übernehme ich«, meldete sich Jule Janssen. »Ich nehme die beiden Kolleginnen mit. Möchte wohl auch wissen, welche von den drei Damen die Missbräuche der Kinder an die Presse gegeben hat, oder ob es sogar die erwachsenen Kinder selbst waren. Das wird in dem Dorf ordentlich für Wirbel sorgen. Ist schon interessant, da passieren jahrelang diese Straftaten direkt vor deren Augen und keiner bemerkt etwas, niemand stört sich daran. Jetzt, wo es vorbei ist, wird es zur Schlagzeile und die Empörung ist groß. Die Damen werden vor Ort sicher viele Erklärungen abgeben dürfen.«

»Da gebe ich Ihnen recht, es ist ein bisschen zu spät dafür.« Josefine Herbst lief nach vorne an die Moderationstafeln. »Gibt es denn sonst noch neue Erkenntnisse?«

»Ja, die Sitte hat sich gemeldet«, sagte Harm Peters. »Erwin Paulsen hat die selbstgemachten Fotos nicht weiterverkauft. Man kann es quasi Eigenbedarf nennen. Die Sitte hat sich deshalb entschlossen, die Kinder auf den Fotos aus den Ferienfreizeiten nicht zu ermitteln und nicht zu informieren. Anhand der Aufnahmen lässt sich feststellen, dass die Kinder nicht wussten, dass sie fotografiert werden. Der seelische Schaden wäre vermutlich größer, wenn sie es jetzt noch erfahren würden. Eine Bestrafung von Erwin Paulsen entfällt ja auch.«

»Es gibt aber die Frage einer Mitschuld«, sagte Josefine Herbst. »Zu klären ist doch, wieviel die Ehefrauen und die noch lebenden Freunde von den Missbräuchen wirklich wussten? Liegt zum Beispiel der Tatbestand der unterlassenen Hilfeleistung vor? Sind die Straftaten verjährt? Auch diese Frage lässt sich vermutlich besser beantworten, wenn wir nicht nach dem eigenen Mitwissen, sondern nach dem Mitwissen der anderen fragen, Sie verstehen, Frau Janssen?«

»Ja, schon klar! Ist notiert.«

Edith Loy ging nach vorne zu einer der Tafeln und zeigte auf ein Foto. »Der Schlüssel aus der Rätselschatulle stammt übrigens von einem VW Käfer, der auf Erwin Paulsen zugelassen war.«

»Und anhand eines Stempels konnten wir ermitteln, dass das Kinderbuch 1967 in der Buchhandlung *Röhling* in Emden gekauft wurde«, ergänzte Maren Hinrichs.

Josefine Herbst war sichtlich erstaunt. »Das haben Sie herausbekommen? Sehr gut, liebe Kolleginnen. 1967… in dem Jahr ereignete sich laut Hermann Veits der Unfall, bei dem ein Kind zu Tode kam. An diesem Unfall waren alle vier Freunde beteiligt. Erwin Paulsen war der Fahrer des Unfallwagens.«

»Aber das ist schon achtunddreißig Jahre her«, warf Jule Janssen ein. »Glauben Sie wirklich, dass der Unfall damit zu tun hat?«

»Ja, ich weiß, das ist eine lange Zeit. Es ist auch nur wieder so ein Bauchgefühl, aber ich wüsste trotzdem gerne mehr über die Familie dieses toten Kindes.«

»Das versuche ich herauszubekommen«, bot sich Harm Peters an.

»Gut! Wir fahren zu Onno de Boer. Herr Winter, was meinen Sie? Mit dem Pastor haben wir bisher immer noch nicht gesprochen, das wird Zeit, oder?«

»Ja, das sollten wir beide übernehmen.«

Nachdem alle mit Aufgaben versorgt waren, löste sich das Treffen auf. Josefine Herbst machte sich gemeinsam mit Friedjof Winter auf den Weg zum Parkplatz. Draußen vor dem Gebäude kam ihnen Hermann Veits entgegen.

»Ich möchte eine Aussage machen. Ich möchte Ihnen alles über unsere kranken Arrangements erzählen. Es wird Ihnen vielleicht helfen.«

Friedjof Winter und Josefine Herbst sahen sich an. Beide zuckten mit den Schultern. »Gut, gehen wir wieder rein.«

Sie brachten Hermann Veits in einen freien Verhörraum. Friedjof Winter holte Kaffee für alle und Josefine Herbst präparierte das Aufnahmegerät.

»Kann losgehen, Herr Veits«, sagte sie aufmunternd, als Friedjof Winter wieder hereinkam und sich alle gesetzt hatten.

»Tja, wo fange ich an?« Hermann Veits überlegte. »Sie wissen ja schon, dass Onno, Markus, Erwin und ich uns schon seit frühester Kindheit kennen. Als Kinder haben wir diesen verrückten Blutschwur aus den Indianerfilmen nachgemacht. Wir haben uns geschworen, dass wir immer füreinander da sind, uns nie verraten und zusammenbleiben für alle Zeit. Als wir älter wurden, haben wir irgendwie immer noch daran festgehalten. Das ging so weit, dass wir alle mit drinsteckten, wenn einer etwas verbrochen hatte. Ob das Drogen waren oder Ärger in der Schule oder später bei der Ausbildung, niemals hätte einer von uns den anderen verraten. Eher haben wir uns gegenseitig gedeckt oder alle die Strafe ertragen. So war das. Dann wurden wir älter und erlebten unsere erste Sexualität. Markus hatte von Anfang an unglaublich viele Mädchen. Er sah so gut aus. Dadurch konnte er sie wechseln wie die Unterwäsche. Er bekam jede. Aber das reichte ihm irgendwann nicht mehr. Er sehnte sich nach ausgefallenen Spielchen. Mehrere gleichzeitig, Fesseln und solche Sachen. Außerdem entwickelte er eine richtige Obsession. Alles drehte sich nur noch darum. Wir drei anderen haben versucht, ihm Mädchen zu besorgen, so gut es ging. In dieser Zeit haben Onno und ich gemerkt, dass wir schwul sind. Ein bisschen waren wir wohl auch beide in Markus verliebt. Wir haben begonnen, uns miteinander heimlich auszuleben. Erst haben wir es den anderen verschwiegen, aber irgendwann kamen sie dahinter. Schwul zu sein war kriminell. Da haben wir die anderen an den Schwur erinnert. Bei Erwin haben wir lange geglaubt, dass er sozusagen *normal* ist. Bis zu diesem Unfall. Dieses tote Kind hatte eine Schwester. Die ist bei Erwin geblieben, als wir mit der Verletzten und dem Vater ins Krankenhaus gefahren sind. Dieses dusselige Kind hat sich sogar freiwillig ausgezogen, als er sie darum gebeten hat. Da hat er seine Neigung entdeckt. Seine Lust an nackten Kindern. Unter Tränen hat er es uns gebeichtet. Ihm ging es nicht gut damit. Aber die Tür war geöffnet worden. Wissen Sie, was ich meine? Er konnte es nicht wieder vergessen oder einfach wieder anders werden. Von dem Augenblick an war seine Sexualität auf Kinder fixiert. Sehen Sie, wir vier sind alle gestört. Keiner von uns ist sexuell normal, oder das, was die Gesellschaft als normal bezeichnet. Ich möchte gar nicht wissen, wie viele von denen da draußen auch nur *normal* tun. Man kann ja immer nur die Äußerlichkeiten sehen. In einen Menschen schaut niemand hinein. Wir konnten Erwin jedenfalls irgendwie verstehen.«

»Sie konnten ihn verstehen?« Friedjof Winter schaute Hermann Veits ungläubig an.

»Ja, das konnten wir. Glauben Sie, es ist ein gutes Gefühl zu entdecken, dass man die sexuelle Lust nur über einen Missbrauch erleben kann? Definitiv nicht. Erwin hat sich den Kindern nie gezeigt. Bis auf dieses eine Mal bei dem ersten Mädchen, das hat ihm zugesehen. Dafür hat er sich furchtbar geschämt. Danach hat er immer Fotos benutzt, um sich selbst entschuldigen zu können. Tja und Markus, unser brillanter Stratege, hatte dann für uns vier die Lösung für unsere Probleme. Die Ehe. Er hat für uns die Lebensarrangements getroffen, die die sogenannten normalen Menschen in Form von Ehen auch treffen. Worum geht es da? Gesicherte Existenz, gesicherter Nachwuchs, gesicherte Zugehörigkeit, gesicherte Außenwirkung und gesicherter Sex. Als wir die drei Freundinnen Magdalena, Christiane und Johanne auf Borkum kennenlernten, da waren die Würfel gefallen. Die drei Mädchen passten exakt zu uns. Sie liebten die Spielchen mit Markus, suchten die Sicherheit der Ehe und wollten auch gerne zusammenbleiben. Wir brauchten Frauen, um sie als Tarnung einsetzen zu können. Markus hat alles organisiert. Er hat die Frauen überzeugt. Wir haben dann alle gleichzeitig geheiratet und uns zusammengeschweißt. Wären sie vier Frauen gewesen, wäre Onno sicherlich auch noch verheiratet worden. Ich glaube, der war froh, dass dieser Kelch an ihm vorüberging. Dieses fadenscheinige Leben haben wir so viele Jahre geführt. Ich kann es gar nicht glauben.«

»Haben die Frauen auch von ihren sexuellen Ausrichtungen gewusst?«, fragte Josefine Herbst.

»Nein, die waren nicht eingeweiht. Vielleicht hat Magdalena etwas von Erwins Veranlagung mitbekommen, aber Christiane und Johanne wussten nichts. Ich habe ja anfangs sogar mit Johanne geschlafen, um den Schein zu wahren. Sie können mir glauben, ich werde das jetzt alles hinter mir lassen. Ich habe mich auch von Onno getrennt. Mir reicht es wirklich, so viel Zeit meines Lebens in einem Korsett gesteckt zu haben. Verstehen Sie, Markus hat Erwin, Onno und mich mit diesen ganzen Arrangements in der Hand gehabt. Mich hat er zwar weitestgehend in Ruhe gelassen, aber ab und zu musste ich ihm in Berlin kinderpornografische Bilder besorgen. Die hat er dann wiederum Erwin gegeben. Falls ich dafür zur Rechenschaft gezogen werde, ist das okay. Ich bin nicht stolz darauf!«

»Wie heißt dieses erste Kind von Erwin?«, wollte Josefine Herbst wissen. »Kennen Sie den Namen, oder den der Familie, die der Unfall traf?«

»Keine Ahnung. Das ist so lange her. Ich kann mich nicht erinnern.«

»Könnte es möglich sein, dass eine von Ihren drei Frauen dieses Mädchen ist?«

»Magdalena, Christiane oder Johanne?« Hermann Veits schaute ungläubig und überlegte angestrengt. »Also, vom Alter her schon. Das Mädchen war damals unter zehn Jahre alt. Ich glaube auch, wir hätten sie später nicht erkannt. Erwin eventuell, aber ICH definitiv nicht.« Er schwieg eine Weile und trank eine Tasse

Kaffee. »Ja, das war es, Frau Kommissarin, mehr gibt es auch wohl nicht zu sagen.«

»Vielen Dank, Herr Veits, für Ihre Offenheit«, sagte Josefine Herbst. »Wir werden Ihre Angaben aber auch an das Sittendezernat weitergeben müssen. Die Beamten werden sich dann bei Ihnen melden. Bleiben Sie also bitte noch in Emden, wenn es geht. Ich überlege, ob wir Ihnen weiterhin Polizeischutz an die Seite stellen sollen.«

»Nein, das ist nicht nötig. Ich kann schon ganz gut auf mich selbst aufpassen.« Hermann Veits stand auf und gab ihr die Hand. »Wissen Sie eigentlich, wie gut es sich anfühlt, einfach mal über alles gesprochen zu haben? Es fällt einem kein Stein, sondern ein ganzer Fels von der Seele.« Er verließ zügig den Raum.

»Onno de Boer?«, fragte Friedjof Winter.

»Onno de Boer«, bestätigte Josefine Herbst.

Als Hermann Veits aus dem Polizeigebäude kam, ging es ihm gut. Er hatte das Gefühl, endlich wirklich reinen Tisch gemacht zu haben. Die Euphorie der Freiheit ließ ihn fröhlich in die Zukunft schauen. Er überlegte, wo er jetzt hingehen könnte. Bei Magdalena wollte er nicht länger im Haus sein, zumal dort ja auch seine Tochter und Johanne wären und mit denen wollte er nicht sprechen. Zumindest nicht gleich, später vielleicht. Er hätte ihnen ja immer noch einiges zu erklären. Vielleicht würde er sogar endlich beichten, dass er schwul ist. Aber selbstverständlich ohne Onno zu verraten. Der müsste selbst entscheiden, wie er damit umgeht. Die gemeinsame Zeit ist vorbei. Er sah den Taxistand am Bahnhof. Kurzentschlossen stieg er in eine der Taxen und bat den Fahrer, einfach durch die Gegend zu fahren, egal wohin. Nur raus aus der Stadt und ein Stündchen übers Land. Einfach weg. Das Taxi fuhr los. Er schaute aus dem Fenster. Lächelnd sah er, dass der Fahrer die Landstraße in Richtung Wybelsum nahm. Es ärgerte ihn nicht, dass der Himmel bedeckt war. Er wollte die Freiheit fühlen. Vielleicht im Regen auf einem Deich stehen, das Wasser der Ems betrachten und endlich ganz bei sich sein. Bevor er sich in ein paar Tagen wieder in das Leben der Großstadt begeben würde. Eventuell könnte er ja auch in einem kleinen

Gasthaus in der Krummhörn bleiben, bis ihm die Rück-
reise erlaubt würde. Das wäre mal etwas Anderes.
Greetsiel hatte ihm schon immer gut gefallen. Dort am
Deich oder am Siel spazieren zu gehen, sich den Wind
um die Ohren blasen zu lassen, das wäre jetzt genau
das richtige.

Er wandte sich an den Fahrer. »Am Ende unserer
kleinen Tour können Sie mich nach Greetsiel bringen,
da werde ich bleiben.«

»Gerne«, sagte der Taxifahrer. Hermann Veits fiel
auf, dass der zum wiederholten Male hektisch in den
Rückspiegel blickte. »Ist hinter uns irgendetwas ungewöhnlich?«

»Ja, es ist merkwürdig. Uns verfolgt ein Auto.«

Herman Veits sah nach hinten. »Meinen Sie? Fährt
der nicht einfach nur in die gleiche Richtung?«

»Nee, das glaube ich nicht. Ich bin extra in Larrelt
durch die kleinen Straßen im Kreis gefahren und das
Auto hinter mir hat diesen Blödsinn mitgemacht.«

»Schon komisch, aber warum sollte uns jemand ver-
folgen?«

»Das frage ich Sie? Meinetwegen bestimmt nicht.«

Hermann Veits überlegte. Sollte das der Mörder
sein? Das Auto kam ihm nicht bekannt vor. Einen weißen SUV fuhr niemand, den er kannte.

»Der fährt mir viel zu dicht auf«, ärgerte sich der
Taxifahrer. »Was hat der bloß vor?«

Hermann Veits drehte sich um und schaute angestrengt nach hinten, um zu erkennen, wer da am Steuer saß. Leider waren die Lichtverhältnisse ungünstig und die Sonnenblende heruntergeklappt. Er konnte nichts erkennen. Auch der Taxifahrer schaute konzentriert in seinen Rückspiegel, um einschätzen zu können, was der Fahrer hinter ihm als Nächstes tun würde.

»Ich kenne das Fahrzeug nicht«, sagte Hermann Veits. »Fahren Sie einfach schneller.«

Der Taxifahrer gab Gas. Als er wieder nach vorn auf die Fahrbahn blickte, konnte er die Katastrophe nicht mehr verhindern. Er hatte das Lenkrad verrissen und fuhr geradewegs auf einen entgegenkommenden LKW zu. Blitzschnell riss er das Steuer herum. Der Wagen kam ins Schleudern und er verlor die Kontrolle. Hermann Veits hielt sich kreidebleich am Griff über seinem Platz fest. Es gab kein Halten. Mit hoher Geschwindigkeit raste das Taxi von der Fahrbahn und prallte gegen einen Baum.

Auf der Fahrt nach Wybelsum war Friedjof Winter anzumerken, dass ihn die Schilderungen von Hermann Veits beschäftigten. Er war sehr schweigsam und schaute grübelnd aus dem Fenster. Josefine Herbst versuchte vorsichtig ein Gespräch. »Ein trüber Tag, irgendwie passend zu unseren Ermittlungen, oder nicht?«

»Herbst halt«, kam es knapp zurück. »Mich macht das ganze Gerede dieser ominösen Gesellschaft wütend. Die leben nach außen mit einer goldenen Fassade und innen ist Sodom und Gomorra. Wie ist so etwas möglich? Na ja, immerhin wissen wir jetzt, dass der Pastor doch eine Sexualität hat und nicht im Zölibat lebt, wie dort immer behauptet wurde. Was halten Sie denn von diesen ganzen Informationen, die wir von Hermann Veits bekommen haben?«

»Ich kann mir auch nicht vorstellen, wie es machbar ist, so viele Jahre ein solches Gebilde aus Lebenslügen aufrecht zu erhalten. Aber anscheinend ist es möglich. Vielleicht ist das ja sogar normal, keine Ahnung. Was mich aber viel mehr umtreibt ist die Tatsache, dass wir immer noch keine Ahnung haben, wie das Gebilde einstürzen konnte. Warum musste Erwin Paulsen sterben? Ich weiß es nicht genau und kann auch nicht begründen, warum. Ich denke, dass dieses erste Kind der Schlüssel zur Lösung des Falls ist. Wir müssen mehr über dieses Mädchen herausfinden.«

»Ja, das wäre gut, auch, um abschließend beurteilen zu können, ob Ihr Bauchgefühl stimmt.«

»Zweifeln Sie etwa daran?«

Sie erreichten die Kirche mit dem angrenzenden Pfarrhaus. Es wirkte klein und bescheiden im Vergleich zu dem Gulfhof von Erwin Paulsen.

Onno de Boer öffnete ihnen die Tür. »Kommen Sie herein. Ich habe Sie schon erwartet.«

Sie folgten ihm ins Haus, das drinnen nur spärlich eingerichtet war. Ein Geschmack des Bewohners war nicht zu erkennen, lediglich Zweckmäßigkeit bestimmte den Charakter der Möbel. Gemäß der ostfriesischen Tradition bat Onno de Boer seine Gäste in die Küche.

»Möchten Sie einen Tee?«, fragte er. »Ich habe gerade welchen fertig. Nehmen Sie doch Platz.«

»Ja, sehr gerne«, bedankten sich beide und setzten sich nebeneinander auf ein schon sehr abgewetztes Ostfriesensofa. An den Wänden hingen, statt dekorativer Bilder, Fotografien ehemaliger Wybelsumer Pastoren und einige Bibelsprüche. Es war dunkel in dem Haus, da es nur sehr kleine Fenster hatte. Das schlichte weiße Teegeschirr, das der Pastor auf den Tisch stellte, sah so aus, als wäre es schon viele Jahre abgewaschen worden. Onno de Boer schenkte ein und bot Gebäck aus einer kleinen Schale an. Er setzte sich beiden gegenüber auf einen alten hölzernen Stuhl. Josefine Herbst probierte den starken Tee, der, für ihren Geschmack, etwas zu bitter war. Sie setzte deshalb die Tasse wieder ab und begann das Gespräch.

»Lieber Herr de Boer, Herr Veits hat uns bereits viele Details aus Ihrem Leben mitgeteilt.«

»Ja, ich weiß, er hat es mir angekündigt. Dann wissen Sie ja schon Bescheid.«

»Ja, aber was mich viel mehr als diese bloßen Tatsachen interessieren würde, wie ist es Ihnen damals damit gegangen und wie geht es Ihnen heute damit?« Josefine Herbst schaute ihm verständnisvoll in die Augen.

»Mir? Ich bin fast sechzig Jahre alt und habe mehr als vierzig Jahre meines Lebens damit zugebracht, mich selbst zu verleugnen. Was denken Sie, wie es einem da geht?« Er rührte gedankenverloren in seiner Teetasse. »Jetzt stehe ich vor dem Scherbenhaufen meines Lebens. Vermutlich habe ich noch nicht mal jetzt den Mut, ehrlich zu sein. Die Angst, von Menschen abgelehnt zu werden, ist eine große Triebfeder für Zwänge, die wir uns selbst auferlegen. Aber ich weiß es ja, die Hoffnung und uns selbst dürfen wir nicht aufgeben. Bisher sehe ich nur noch nicht, wie ich mich vor mir selbst rechtfertigen soll. Nicht einmal mein Gott kann mir dabei helfen. Ich habe von all den Verfehlungen meiner Freunde gewusst und für mein eigenes kleines Leben geschwiegen. Es war nicht möglich, etwas zu unternehmen, ohne mich selbst in Gefahr zu bringen. Sind wir denn wirklich immer nur uns selbst am nächsten? Ich habe dafür die Augen verschlossen und die Realität so lange zurechtgebogen, bis es für mich wieder passte. Wir sind Sünder auf Erden. Jesus starb für uns am Kreuze. Dürfen wir uns deshalb von allem freisprechen? Ich denke nicht.« Er schwieg und schaute die Kommissarin verzweifelt an.

»Fehler zu machen und diese zu bereuen, gehört auch zu unserem Leben«, versuchte Josefine Herbst ihn ein wenig aufzubauen.

»Lassen Sie es sein. Ich weiß selbst, welche Phrasen und Floskeln wir benutzen, um Menschen zu trösten.«

»Sagen Sie, Herr Pastor, wissen Sie, wer das erste Mädchen war, das von Erwin Paulsen missbraucht wurde?«, fragte Friedjof Winter unverblümt und direkt.

»Nein, aber ich habe herausgefunden, dass die Familie Schulz heißt. Adele Schulz ist das Kind, das bei dem Unfall starb. Ich habe das Grab auf dem lutherischen Friedhof in Emden gefunden. Dort sind bereits auch die Eltern begraben. Sie leben schon beide nicht mehr. Aber das Grab ist gepflegt. Es muss noch Familie geben. Hilft Ihnen das weiter?«

»Ja, sehr, vielen Dank!«, sagte Josefine Herbst. »Herr Pastor, denken Sie, dass eine der drei Frauen Ihrer Freunde dieses erste Kind sein könnte? Hätten Sie sie erkannt?«

»Glauben Sie das etwa? Nein, wenn dem wirklich so wäre, hätte ich sie sicher nicht erkannt. Ich habe damals mit Hermann hinten im Wagen gesessen und bin gar nicht ausgestiegen. Ich habe das Mädchen nur aus der Ferne gesehen. Aber auf das Kind hat auch niemand geachtet. Wir waren alle in einer Schockstarre.«

»Klar, das lässt sich nachvollziehen«, nickte Friedjof Winter. Sein Handy klingelte, er schaute auf das Display und entschuldigte sich. »Die Kollegen, ich gehe kurz ran.« Er verließ die Küche und ging in den Flur.

»Können Sie sich einen Grund vorstellen…« Josefine Herbst konnte den Satz nicht beenden, denn Friedjof Winter stürzte in die Küche. »Hermann Veits hatte einen Unfall in einem Taxi. Das ist gegen einen Baum geprallt. Ein heller Wagen war irgendwie beteiligt. Dieser hat sich aber vom Unfallort entfernt. Der Taxifahrer hat einen Schock. Hermann Veits ist tot.«

»Was?« Josefine Herbst sprang auf. »Das kann doch nicht sein.«

»Das Taxi kam ins Schleudern, weil eventuell der Wagen dahinter zu dicht auffuhr. Das muss noch abschließend geklärt werden. Ein LKW auf der Gegenfahrbahn war auch beteiligt. Hermann Veits, auf dem

Beifahrersitz, hatte bei dem Aufprall keine Chance. Ist das nun ein Zufall, oder womit haben wir es zu tun?«

Onno de Boer begann zu zittern.

»Herr Pastor, wir können Sie mit ins Krankenhaus nehmen«, bot Josefine Herbst an.

»Nein, nicht nötig. Ich wäre jetzt nur gerne alleine. Bitte! Ich muss auch die Frauen benachrichtigen. Wenn ich mich beruhigt habe, gehe ich zu Magdalena.«

»Ja, das dürfen Sie tun. Wir verlassen Sie jetzt, aber seien Sie vorsichtig. Ich werde Polizeischutz für Sie und auch für das Haus von Magdalena Paulsen veranlassen. Die Kollegen werden schnell eintreffen. Bitte achten Sie auch weiterhin darauf, dass alles, was Sie essen und trinken, nicht nur allein von Ihnen verzehrt wird. Seien Sie auch unbedingt vorsichtig, wo Sie sich bewegen. Es geht hier um viel mehr, befürchte ich.«

»Vielen Dank Frau Kommissarin.« Onno de Boer brachte Josefine Herbst und Friedjof Winter zur Tür. »Ich möchte Ihnen mein Beileid ausdrücken und wünsche Ihnen von Herzen alles Gute«, Josefine Herbst gab ihm die Hand und verabschiedete sich. Friedjof Winter war bereits zum Auto gegangen, setzte sich auf den Fahrersitz und öffnete ihr von innen die Beifahrertür. Sie nahm ohne Widerstand dort Platz. »Um den Pastor mache ich mir ernsthaft Sorgen!«

»Das brauchen Sie nicht. Pastoren sind gläubig. Er wird sich nicht umbringen.«

»Ihr Wort in Gottes Ohr«, sagte sie und erschrak. »Oh, das ist sarkastisch.«

Friedjof Winter startete den Motor. »Harm Peters hat mir mitgeteilt, dass er inzwischen die Familie Schulz als diejenige herausgefunden hat, die den Unfall betraf. Er hat mit einem bereits pensionierten Kollegen gesprochen, der den Unfall damals aufgenommen hatte. Akten darüber gab es nicht mehr, das ist zu lange her. Aber der Kollege konnte sich erinnern. Peters hat weiter recherchiert. Die noch in Emden lebenden Verwandten sind die Geschwister, Tobias und Franziska Schulz. Sie wohnen beide im Stadtteil Herrentor. Ich habe die Adressen. Die ältere Schwester konnte er nicht finden. Sie muss umgezogen sein, oder inzwischen anders heißen. Harm Peters versucht, mehr bei den Meldebehörden herauszubekommen. Jule Janssen kümmert sich mit den beiden Kolleginnen um den Taxifahrer im Krankenhaus.«

»Gut, dann fahren wir jetzt gleich zu Tobias Schulz. Ich habe das Gefühl, wir müssen uns beeilen.«

Friedjof Winter war schnell gefahren. Sie hatten nur zwanzig Minuten bis zum Herrentorviertel in Emden gebraucht. Beide standen sie auf den Treppenstufen vor einem kleinen alten Reihenhaus in der Memeler Straße in Emden. Der Vorgarten war gepflegt. Sie klingelten. Ein junger Mann von Mitte Dreißig öffnete ihnen die Tür.

»Entschuldigen Sie, dass wir stören«, sagte Josefine Herbst freundlich. »Wir sind von der Polizei und haben ein paar Fragen an Sie. Sind Sie Tobias Schulz?« Sie zeigte ihren Ausweis und Friedjof Winter tat es ihr nach.

»Polizei? Ja, ich bin Tobias Schulz. Haben meine Kinder etwas angestellt, Frau Kommissarin?«

»Nein, nein, dürfen wir eben reinkommen?«

»Selbstverständlich, kommen Sie, folgen Sie mir ins Wohnzimmer.« Tobias Schulz ging voraus. Er führte sie in das hinten liegende Wohnzimmer. Der Raum hatte eine große Fensterfront in den Garten. Die Einrichtung bestand komplett aus preiswerten Möbeln eines schwedischen Einrichtungshauses.

»Darf ich bekannt machen, das ist meine Schwester, Franzi.« Eine jüngere Frau saß auf dem Sofa und blickte erstaunt auf den unbekannten Besuch. Josefine Herbst und Friedjof Winter stellten sich noch einmal als Polizisten vor und begrüßten auch sie.

»Dürfen wir uns vielleicht setzen?«, fragte Friedjof Winter.

»Entschuldigung, selbstverständlich, ich bin etwas verwirrt.« Tobias Schulz rückte zwei Sessel im Zimmer zurecht. »Nehmen Sie doch bitte die beiden Sessel. Ich setze mich zu meiner Schwester.«

Josefine Herbst und Friedjof Winter nahmen Platz.

»Sie sind doch Geschwister von Adele Schulz, die 1967 bei einem Unfall ums Leben kam?«, fragte Josefine Herbst vorsichtig.

»Ja, warum?« Tobias Schulz schaute ungläubig.

»Wir sind hier, weil wir Ihre große Schwester finden möchten. Wissen Sie, wo sie ist?«

»Nane?«, fragte Franziska Schulz. »Nein, Frau Kommissarin, wir wissen nicht mal, ob sie noch lebt. Hat sie etwas angestellt?«

»Sie ist abgehauen, als sie sechszehn Jahre alt war«, erklärte Tobias Schulz. »Danach haben wir sie nie wiedergesehen und bei uns zuhause wurde nicht über sie gesprochen. Unsere Eltern haben sie quasi für tot erklärt.«

»Nach ihr ist nicht gesucht worden?«, fragte Friedjof Winter. »Sie war doch mit sechzehn Jahren noch ein Kind.«

»Nein, nach ihr wurde nicht gesucht.« Tobias Schulz waren diese Auskünfte sichtlich unangenehm.

»Unsere Mutter war Alkoholikerin und unser Vater der schweigsamste Mensch, den wir kennen«, versuchte Franziska Schulz zu erklären. »Als Nane noch im Haus war, hatten unsere Eltern ständig Streit ihretwegen. Ich glaube, sie waren letztlich sogar froh, dass Nane verschwunden war.«

»Vielleicht hatte unser Vater später nochmal Kontakt«, überlegte Tobias Schulz. »Aber der ist jetzt auch schon sechs Jahre tot. Den können wir nicht mehr fragen. Wir wissen jedenfalls gar nichts über sie.«

»Aber wenn Sie sie finden, würde ich gerne mit ihr sprechen. Ich war ja erst vier Jahre alt, als sie wegging.« Franziska Schulz schaute hoffnungsvoll.

»Haben Sie vielleicht ein Foto von ihr?«, fragte Josefine Herbst.

»Nur Kinderbilder aus den alten Fotoalben«, überlegte Tobias Schulz.

»Das macht gar nichts«, sagte Friedjof Winter. »Wir können aus solchen Fotos errechnen, wie sie heute aussehen würde.«

»Ich hole Ihnen eins von oben.« Tobias Schulz ging aus dem Zimmer.

»Warum ist Ihre Schwester abgehauen?« Josefine Herbst sprach weiter mit der Schwester. »Gab es einen speziellen Grund?«

»Ich glaube nicht, aber unsere Familie war ziemlich kaputt. Zuerst haben meine Eltern nach dem Unfall von Adele wohl versucht, mit meinem Bruder und mir irgendwie wieder eine heile und glückliche Familie hinzubekommen. Aber dieses Drama hat meine Mutter einfach nicht verkraftet. Sie hat sich jeden Tag mit Alkohol betäubt. Nane hat viel von ihrer traurigen Wut abbekommen. Sie konnte es meinen Eltern nie recht machen. Eingesperrt und geschlagen haben sie sie. Als mein Bruder und ich größer wurden, waren sie schon so phlegmatisch, dass sie uns quasi uns selbst überlassen haben.«

Tobias Schulz kam zurück ins Wohnzimmer. »Diese müssten vielleicht gehen?« Er reichte Josefine Herbst einige Fotos. »Ich habe die genommen, auf denen sie schon älter ist, aber auch da ist sie leider noch ein Kind. Die Fotos aus ihrer Jugend haben unsere Eltern vernichtet, nachdem Nane gegangen war.«

»Vielen Dank, das wird helfen.«

»Warum suchen Sie sie eigentlich?«, fragte Franziska Schulz vorsichtig.

Josefine Herbst zögerte kurz und entschied sich für Offenheit. »Es könnte sein, dass Ihre Schwester in den Mordfall in Wybelsum verwickelt ist. Auf alle Fälle müssen wir sie dazu befragen.«

»Das, was heute in der Zeitung stand?«, fragte Tobias Schulz beunruhigt. »Haben diese Leute etwas mit dem Unfall von Dele zu tun?«

»Wir stehen noch am Beginn der Ermittlungen«, versuchte Josefine Herbst zu beschwichtigen. »Aber ich verspreche Ihnen, sobald wir alles aufgeklärt haben, werde ich Sie informieren. Falls Ihnen noch etwas einfallen sollte, melden Sie sich bitte, auch wenn es Ihnen noch so unwichtig erscheint.«

Sie steckte die Fotos ein und stand auf. Friedjof Winter schloss sich ihr an. »Wir haben Sie jetzt lange genug gestört. Auf Wiedersehen und vielen Dank«, sagte er und schob Josefine Herbst sanft in den Flur. Sie öffneten sich selbst die Haustür und gingen hinaus. Hinter ihnen schloss Tobias Schulz wortlos die Tür.

»Ich wollte die beiden nicht noch mehr beunruhigen«, entschuldigte sich Friedjof Winter. »Haben Sie die Verzweiflung in ihren Augen gesehen?«

»Ja, habe ich.«

»Es ist schon viel zu spät, um nochmal ins Revier zu fahren«, sagte Friedjof Winter als beide ins Auto einsteigen wollten. »Was halten Sie davon, wenn wir beide etwas essen gehen?«

Josefine Herbst willigte ein. »Sie haben recht. Ich habe richtig Hunger. Welches Lokal schlagen Sie vor?«

»Das Steakhaus Hacienda, steigen Sie wieder aus, das erreichen wir zu Fuß.«

Nur fünf Minuten später kamen beide in das Restaurant und sie hatten Glück, sie bekamen einen Tisch im Wintergarten.

»Hier ist es wirklich gemütlich«, sagte Josefine Herbst, als sie sich setzten. »Aber der Blick auf den

Parkplatz und die Hauptstraße? Finden Sie das ansprechend?«

»Ja, ich weiß, die Aussicht könnte schöner sein. Zumindest sind die Häuser drum herum schöne Altstadtvillen und das Essen ist perfekt.«

Der Kellner kam, brachte die Karten, entzündete die Kerze auf dem Tisch und nahm die Bestellung der Getränke auf. Sie hatten entschieden, einen Wein zu trinken. Als der Kellner kurz darauf die Flasche brachte, bestellten sie sich eine Platte für zwei.

»Werden wir das denn schaffen?«, fragte Josefine Herbst skeptisch. »Das erscheint mir sehr üppig zu sein.«

»Ich habe das Gefühl, ich hätte seit Tagen nicht mehr richtig gegessen. Ich könnte einen ganzen Bären verspeisen.«

»Na, dann ist es ja gut.« Josefine Herbst lächelte und erhob ihr Glas. »Worauf wollen wir trinken? Auf den Bären?«

»Dass wir uns kennengelernt haben!« Er lächelte zurück. »Ich mag Sie, Frau Herbst.«

»Und ich mag Sie, Herr Winter.« Sie schlug ihr Glas gegen seines.

»Wie gefällt Ihnen denn Emden?«

Sie überlegte kurz. »Ich mag das Wasser mitten in der Stadt, diesen Delft und ich kann auch dem flachen Land kurzzeitig etwas abgewinnen. Aber im Grunde meines Herzens liebe ich den Wald und der kommt hier zu kurz. Das ist in Oldenburg schon anders. Da gibt es einige Wälder in der Umgebung.«

»Das kann ich verstehen, ich vermisse im Harz auch immer das Meer.«

»Sind Sie denn häufiger im Harz?« Sie staunte.

»Ich habe noch entfernte Verwandte in Halberstadt, insofern kenne ich auch Ihre Heimat. Und wie Sie schon sagen, kurzzeitig ist es interessant und sogar ganz schön.«

Der Kellner kam erneut, brachte jedem eine kleine Salatschale und wünschte ihnen einen guten Appetit. Sie begannen beide zu essen und schwiegen für den Moment. Draußen fing es erneut an zu regnen an. Die Tropfen trommelten laut auf das gläserne Wintergartendach.

»Oh je«, sagte Josefine Herbst. »Wir müssen zu Fuß zum Auto zurück.«

»Bis dahin hat es aufgehört, das ist nur ein Schauer. Wir haben Herbst, Frau Herbst.«

»Sehr witzig und bald ist Winter, Herr Winter.«

Nun lachten sie beide. Der Kellner servierte die Balkan-Platte. Sie füllten ihre Teller und ließen es sich schmecken. Es war eine angenehme ruhige Atmosphäre im Restaurant.

»Das ist aber auch wirklich lustig mit unseren Namen«, lächelte Friedjof Winter. »Stellen Sie sich doch

einmal vor, wir heiraten und ich nehme einen Doppel-
namen an. Friedjof Herbst-Winter. Das hätte doch was,
oder?«

»Jetzt weiß ich, was wir vergessen haben.« Josefine
Herbst ging nicht auf seinen Gedanken ein und schlug
sich mit der Hand vor die Stirn.

»Wie, vergessen?«

»Der Tod von Hermann Veits hat mich wohl noch
zu sehr beschäftigt. Ich habe meine Gedanken nicht
beisammen.« Sie ärgerte sich. »Wir haben die Schulzes
nicht gefragt, wie Nane wirklich heißt. Heute wäre so
ein Name wie Nane möglich, aber in den 1960er Jahren? Niemals! Das Kind hat einen anderen Namen,
ganz sicher. Dies ist nur der Spitzname, den sie sich
selbst oder den die Eltern ihr gegeben haben. Wenn wir
gefragt hätten, dann wüssten wir vielleicht jetzt schon,
wer sie ist. Wie ärgerlich ist das? Wie konnte ich so
nachlässig sein? Jetzt ist es auch zu spät, um dort nochmal zu klingeln.«

»Wir werden gleich morgen früh anrufen und fragen.« Er versuchte sie zu besänftigen. »Heute können
wir eh nichts mehr machen.«

»Das stimmt, aber ich ärgere mich maßlos, dass es
mir dort nicht eingefallen ist.«

»Glauben Sie denn wirklich, dass wir dieses Kind
suchen? Dass sie die Mörderin ist?«

»Ich habe mal in einem psychologischen Buch gelesen…«.

Er unterbrach sie. »Psychologie, ich wusste es.«

»Lassen Sie mich erklären, bitte. Also, wenn wir in der Mitte des Lebens ankommen, so in dem Alter zwischen vierzig und fünfzig Jahren, beginnen wir uns verstärkt an frühere Zeiten zu erinnern. Immerhin haben wir dann auch schon einiges erlebt. Die Vergangenheit wird uns bewusster. Nun versuchen Sie einmal, sich das Leben dieser Frau vorzustellen. Der Tod der Schwester, das Missbrauchserlebnis, die Mutter eine Alkoholikerin, Schläge und bittere Strafen durch die Eltern und letztlich sogar Flucht aus dem Elternhaus. Da hat sich viel angehäuft. Wenn das alles plötzlich wieder stärker ins Bewusstsein rückt und dann ein Schlüsselerlebnis passiert, etwas, von dem wir vielleicht noch gar nichts wissen, kann ich mir das schon vorstellen. Immerhin ist sie die einzige, die tatsächlich ein Motiv hätte, sich an allen vier Männern rächen zu wollen. Der Unfall, an dem alle beteiligt waren, als Wendepunkt in ihrem Leben. Der große Schmerz als das Motiv.«

»Ja, jetzt wo Sie das so detailliert erklären, leuchtet mir das ein. Sie ist, so gesehen, die einzige mit einem Motiv für alle vier Freunde. Wie könnte sie denn heißen? Christiane? Johanne? Magdalena?«

»So ein Mist, dass wir nicht mehr gefragt haben. Es könnten alle sein. Nur bei Magdalena wären die Vokale nicht mehr in der richtigen Reihenfolge, aber auch das gibt es ja.«

»Ja und dann wäre da noch Marianne.« Er grinste.

Sie stimmte zu. »Die Hausangestellte kommt auch in Frage, sie hat auch das richtige Alter.«

»Und Renate!«

»Renate? Wie kommen Sie auf den Namen?«

»Renate Fischer, die Journalistin, die kommt da gerade zur Tür rein. Sie hat auch das richtige Alter und ihre Eltern leben in Wybelsum. Sie könnte also bei dem Sturm im Dorf gewesen sein und damit Zugang zu den Weinflaschen gehabt haben.«

Renate Fischer kam zum Tisch des Polizisten und der Kriminalbeamtin. »Oh, guten Abend, wie schön, Sie hier zu treffen. Ich habe da noch eine Frage, die Sie mir dann vielleicht auf kurzem Wege beantworten könnten?«

»Ganz sicher nicht«, bestimmte Josefine Herbst.

»Es geht nur um ein paar Daten für dieses Foto.« Renate Fischer hielt Josefine Herbst die Kamera hin. »Ich habe Ihr Team heute in Wybelsum fotografiert und hätte gerne die Namen. Können Sie mir die geben?«

»Zeigen Sie her.« Friedjof Winter ließ sich das Foto zeigen. »Sie wissen schon, dass Sie nur Fotos der ermittelnden Polizisten veröffentlichen dürfen, wenn Sie auf einer Pressemitteilung freigegeben werden? Ich kann Ihnen natürlich nicht verbieten zu recherchieren, aber die Namen bekommen Sie von uns nicht. Seien Sie brav und lassen Sie uns in Ruhe essen! Dann vergessen wir Ihre Frage und wissen nichts von diesem Foto.«

»Bin schon weg.« Die Journalistin verließ eilig das Lokal.

»Renate Fischer kann es nicht gewesen sein«, erklärte Josefine Herbst. »Die Eltern des Mädchens, beziehungsweise der Frau, sind bereits tot. Allerdings, weitergedacht, könnte ihre Aussage, dass ihre Eltern in Wybelsum noch leben, auch gelogen sein.«

»Wir sollten aufhören zu spekulieren, morgen wissen wir vermutlich mehr. Wir haben die Fotos und wir werden den Namen erfahren. Dann ist es doch nur noch eine Frage der Zeit. Onno de Boer wird auf jeden Fall rund um die Uhr bewacht.«

»Hoffentlich! Das Essen ist übrigens schon kalt. Wollen Sie es sich einpacken lassen? Ich habe keinen Hunger mehr.«

»Ja, das mache ich.« Friedjof Winter winkte dem Kellner und gab ihm den Auftrag, das Essen zum Mitnehmen einzupacken. »Schauen Sie, draußen hat es aufgehört zu regnen. Wir kommen doch trockenen Fußes zum Auto.«

Als der Kellner das eingepackte Essen brachte, zahlte Friedjof Winter und sie verließen gemeinsam das Restaurant. Er legte den Arm um ihre Schulter. »Schade, jedes Mal, wenn ich versuche, mit Ihnen in einen privaten Kontakt zu kommen, passiert irgendetwas und der Fall kommt mir dazwischen.«

»Aber es wird hoffentlich der Tag kommen, an dem der Fall abgeschlossen ist.« Sie lächelte ihn an. »Geduld wird im Leben meistens belohnt.«

Beide stiegen ins Auto ein, er brachte sie zum Hotel und sie wünschten sich eine gute Nacht. Josefine Herbst ging langsam und nachdenklich auf das Gebäude zu. Zum ersten Mal bedauerte sie, dass er zu seiner Frau fahren würde.

Am nächsten Morgen kam Josefine Herbst etwas verspätet in das Polizeikommissariat. Sie war sich sehr sicher gewesen, dass sie nicht viel schlafen würde. Deshalb hatte sie keinen Wecker gestellt und nun doch tatsächlich verschlafen. Auf das Frühstück im Hotel musste sie verzichten, aber sie wusste, dass im Konferenzraum immer etwas Essbares zu finden war. Das Team wartete dort bestimmt schon auf sie. Aber zuerst musste sie in ihrem Büro noch die Fotos einscannen, die sie am Tag zuvor von Tobias Schulz bekommen hatte. Sie schickte die Scans per E-Mail an einen Kollegen in Oldenburg mit der Bitte, das Kind auf den Bildern in das Alter von circa fünfundvierzig Jahren zu transferieren. Erst dann machte sie sich auf den Weg in den Konferenzraum. Friedjof Winter hatte bereits begonnen, den Kollegen die Informationen, die sie gestern erhalten hatten, mitzuteilen.

»Ah, guten Morgen Frau Herbst«, unterbrach er, als sie hereinkam. »Haben Sie schon die Zeitung gelesen?«

»Nein, noch nicht, ich hatte heute keine Zeit für ein Frühstück, ist es wieder schlimm?«

»Schlimmer!« Er hielt die Zeitung nach oben und zeigte auf die Schlagzeile in großen Lettern… *Was hat Nane Schulz mit den Morden in Wybelsum zu tun?* »Renate Fischer muss uns gestern den ganzen Tag verfolgt haben.« Friedjof Winter ärgerte sich. »Wir sind von der Polizei und merken das nicht! Wie peinlich ist das?«

»Hat sie die Geschwister interviewt?«

»Ja, hat sie, die schreckt vor nichts zurück.«

Josefine Herbst sah sich um. »Wo ist eigentlich Frau Janssen?«

»Die hat einen Anruf von Onno de Boer bekommen«, erklärte Edith Loy. »Er wollte unbedingt mit Frau Janssen persönlich sprechen. Da wir an ihrer Stelle berichten können, was unsere Ermittlungen gestern ergeben haben, ist sie sofort losgefahren.«

»Haben Sie schon bei Tobias oder Franziska Schulz angerufen?«, wandte sich Josefine Herbst direkt an Friedjof Winter.

»Ja, aber es ist bei beiden niemand zu erreichen. Ich habe auf den Anrufbeantwortern die Bitte hinterlassen, sich dringend bei uns zu melden. Wir brauchen wohl noch etwas Geduld.« Er lächelte sie an und sie wusste, worauf er abzielte.

»Gut, dann warten wir halt ab.« Josefine Herbst schaute konzentriert auf die Moderationstafeln, auf denen immer noch die Lösung des Falls fehlte. Sie war wütend auf sich selbst, dass sie vergessen hatte, nach dem Namen zu fragen. Dann wandte sie sich an die beiden Kolleginnen.

»Was haben Sie denn gestern bei den Damen in Wybelsum und bei dem Taxifahrer im Krankenhaus herausbekommen?«

»Der Taxifahrer konnte noch nicht vernommen werden«, sagte Edith Loy. »Da haben wir nichts erreicht.«

Maren Hinrichs meldete sich zu Wort. »Unsere Kollegen am Unfallort haben Zeugen befragt und ermittelt, dass es sich bei dem gesuchten Fahrzeug um einen großen hellen Kombi handelt. Das Auto war sehr dicht auf das Taxi aufgefahren. Den Unfall hat es aber nicht verursacht. Zeugen konnten die Marke nicht genau angeben, da ja alle diese Fahrzeuge irgendwie gleich aussehen. Das ist die berühmte Nadel im Heuhaufen. Das Kennzeichen hat auch keiner gesehen. Vielleicht der Taxifahrer, aber wie gesagt, mit dem darf noch nicht gesprochen werden.«

Josefine Herbst war innerlich unruhig. Sie versuchte dennoch, die Routinearbeit voran zu bringen und wandte sich an Edith Loy. »Was haben denn die Gespräche gestern in Wybelsum gebracht?«

»Frau Janssen meinte, die Situation bei den Ehefrauen habe sich elementar geändert. Das ist uns auch aufgefallen. Keine der Frauen hat eine der anderen belastet. Sie wirkten alle wie eine eingeschworene Gemeinschaft. Sind wohl wieder beste Freundinnen. Angeblich hat niemand etwas gewusst. Irgendjemand hat mit schwarzer Farbe *Schande* an das Haus geschrieben. Die Damen fühlen sich dort in Wybelsum nicht mehr sicher. Sie wollen zukünftig gemeinsam in Hamburg bei Christiane Naumann leben. Das Einkommen ist ja für alle abgesichert, keine von ihnen muss noch arbeiten. Wir haben zwei Kondolenzkarten mitgebracht. Eine ging, wie wir ja schon wissen, an Magdalena Paulsen und die andere kam später und war an Christiane Naumann adressiert. Die Karte war nicht per Post gekommen, sondern direkt vor Ort in den Briefkasten eingeworfen worden. Beide Karten sind vorn auf die Tafeln gepinnt.«

Josefine Herbst ging erneut nach vorne und sah sich die Karten an. »Haben Sie das schon gesehen?« Sie schaute zu Friedjof Winter.

»Ja, Sie haben mit Ihrem Bauchgefühl vermutlich recht. Jede dieser Karten enthält den einen Satz dieses Kinderreims. Immer geht es darum, dass ein Schwein geschlachtet wurde. Aber im Gegensatz zur ersten Karte wurde die zweite unterzeichnet, mit dem Namen *Nane*.«

»Wir müssen jetzt endlich diese Nane Schulz finden!« Josefine Herbst trommelte nervös auf den Tisch. »Das hat erste Priorität. Wenn sie heute die Zeitung gelesen hat, ist sie gewarnt und verschwindet vielleicht.«

In diesem Augenblick kam Harm Peters in den Raum. »Frau Herbst, ich wurde telefonisch unterrichtet, dass Sie gerade eine wichtige E-Mail bekommen haben. Ich habe sie an den Rechner hier im Konferenzraum weitergeleitet.«

Josefine Herbst lief zügig zum Computer und öffnete die E-Mail. Im Anhang befand sich das Bild, das sie in Oldenburg angefordert hatte. Gerade, als sich die Datei langsam öffnete, kam Tobias Schulz in den Raum geeilt. Er hielt ihnen die Tageszeitung entgegen.

»Das ist Nane, meine Schwester! Ich habe sie erkannt.«

Josefine Herbst blickte erstaunt auf. »Wie? Sie ist in der Zeitung?«

Dann fiel ihr Blick auf den Bildschirm und sie erschrak. »Wir müssen sofort zu Onno de Boer!« Sie rannte los. »Kommen Sie, Herr Winter, wir haben keine Zeit!«

Onno de Boer wartete. Immer wieder war er zwischendurch zum Fenster in seinem Büro gelaufen und hatte Ausschau gehalten, ob sich auf der Straße schon ein Auto nähern würde. Draußen vor der Tür stand aber nur der Polizeiwagen mit den Polizisten, die ihn schützen sollten. Ob das gelingen würde? Er lief in seiner Küche auf und ab. Alles war ruhig, nur das Ticken seiner Küchenuhr war zu hören. War er gut vorbereitet? Er vertraute darauf, dass sein Beruf ihm genug Knowhow für die kommende Situation beigebracht hatte. Endlich, die Hausglocke läutete. Onno de Boer sammelte sich, atmete noch einmal tief durch, ging nach vorne und öffnete die Tür.

»Kommen Sie rein, Juliane, ich freue mich, dass Sie den Weg zu mir gefunden haben. Ich habe uns bereits Tee aufgesetzt.«

»Sie wissen also, wer ich bin?« Sie folgte ihm in die Küche.

»Ja, Frau Janssen, ich habe es herausgefunden. Es hat mich einige Telefonate in unseren Kirchenrentämtern gekostet, aber nun weiß ich es. Bitte, setzen Sie sich doch.« Er bot ihr den Platz auf seinem Ostfriesensofa an. »In Kirchenbüchern verschwindet nichts. Wer getauft wurde, ist dort immer auffindbar. Die ältere Schwester der gestorbenen Adele hieß Juliane Schulz. Sie können sich denken, dass ein Pastor gute Kontakte zu den Standesämtern hat. Ich habe dort nachgefragt und erfahren, dass Juliane Schulz, gerade volljährig geworden, einen Wiebold Janssen geheiratet hat und dass das Paar Emden verließ. Später haben Sie Ihren Namen offiziell in Jule geändert. Sie sind Juliane Schulz. Das erste Mädchen. Sie haben meine Freunde ermordet und Sie wollen auch mich umbringen.«

»Es bleibt mir keine Wahl«, antwortet sie und holte eine Waffe aus ihrer Tasche. »Ich werde Sie wohl erschießen müssen. Jetzt ist es ohnehin egal. Meine Identität kennen vermutlich alle Verantwortlichen schon. Nur die beiden da draußen im Wagen vor der Tür noch nicht. Die Kollegen denken, ich bin hier, um Sie zu befragen. Aber es ist nur noch eine Frage der Zeit, bis sie informiert sind.« Sie lachte verzweifelt. Ihr Handy klingelte. »Sehen Sie? Da ist schon meine Chefin.« Sie drückte das Gespräch weg.

Er sah ihr direkt in die Augen. »Haben wir trotzdem noch etwas Zeit? Ich wüsste gerne noch ein paar Dinge von Ihnen.«

»Sie möchten noch plaudern? Klar, wenn wir uns kurzfassen. Was wollen Sie wissen?«

»Wie haben Sie Erwin gefunden? Sie wussten doch genauso wenig über unsere Identität, wie wir über Ihre?«

»Die Autoreparatur. Ich habe alle Werkstätten nach einem Unfall im Sommer 1967 befragt. Der Polizei gibt

248

jeder gerne Auskunft. Es hat einige Monate gedauert.
Aber ich habe ihn gefunden.«

»Warum um alles in der Welt haben Sie Erwin, Markus und Hermann getötet? Sie hätten sie anzeigen können.«

»Nein, es ging doch nie um die Strafe für die Männer. Es ging nur um mich, um die Rettung meiner Seele. Als ich zwanzig wurde, habe ich die Ehe mit Wiebold Janssen beendet und bin zur Polizei gegangen. Ich wollte Gutes tun. Anderen helfen, um mich besser zu fühlen. Ich habe versucht, die Schuld zu vergessen. Das hat eine Zeit lang funktioniert. Aber irgendwann fing es an. Alpträume, Ängste und Depression. Ich ging zur Therapie. Es half nicht. Ich bekam Angst, bei meiner Arbeit zu versagen. Meine Arbeit wollte ich nicht verlieren. Nur durch das, was ich leiste, lebe ich. Mir blieb nur der Schritt nach vorne. Ich musste mich mit dem Mann konfrontieren, der mich so sehr veränderte, dass ich ein solches Leben führe. Ich wollte ihm in die Augen schauen. Nach so vielen Jahren wollte ich den Mann kennenlernen, der verantwortlich ist für meine Unfähigkeit zu lieben oder zu vertrauen. Nie konnte ich zulassen, dass mich jemand berührt, geschweige denn, dass ich jemanden berühre. Deshalb ging ich zu ihm. Ich hatte die Hoffnung, damit könnte ich etwas ändern. Ob ich Erwin Paulsen getötet habe, weiß ich bis heute ja nicht einmal. Ich habe zwar das Gift in die Tasse gefüllt, aber nach Aussage seiner

Frau war die Tasse gar nicht geleert, als er gefunden wurde. Vielleicht hatte er sich vorher schon selbst vergiftet. Dieses Rätsel bleibt ungelöst. Markus Naumann, ja, den habe ich definitiv getötet. Dabei war es Glück, dass er so viel getrunken hatte, sonst wäre das Gleiche passiert, wie bei dem Versuch mit Hermann Veits Bonbons. Sein Tod war letztlich wirklich ein Unfall. Ich bin ihm nur nachgefahren und habe ständig überlegt, was ich tun soll. Das Schicksal hat für mich entschieden. Aber, in dem Punkt haben Sie recht, die beiden sollten sterben. Ich konnte es nicht ertragen, dass sie zugelassen haben, dass ihre Kinder diesen furchtbaren sexuellen Gelüsten ausgesetzt waren. Das ist doch schlimmer, als das Vergehen von Erwin Paulsen selbst! Zu wissen, dass das eigene Kind leidet und davor die Augen zu verschließen, nur um eigene Vorteile zu haben? Da habe ich tatsächlich so etwas wie unbändige Wut gespürt. Ich wollte sie bestrafen, sie hatten es verdient. Das gilt leider auch für Sie, lieber Pastor. Letztlich waren Ihre Bedürfnisse immer stärker, als die Pflicht, den Kindern zu helfen. Ein Pastor, der Kindesmissbrauch duldet, um seine eigene Schwäche zu verbergen? Wie erbärmlich! Vollkommen absurd! Sie sollten für die Schwächsten da sein.« Sie hielt die Waffe hoch und zielte auf ihn.

Friedjof Winter schaute besorgt zu seiner Kollegin herüber, die wie versteinert am Steuer des Fahrzeugs saß. »Sie fahren zu schnell, Frau Herbst! Die anderen Fahrzeuge hinter uns kommen ja gar nicht mit.«

Sie bremste etwas und verringerte den Abstand zu den ihnen folgenden Polizeiwagen. »Rufen Sie bitte noch einmal bei Frau Janssen an! Ich mache mir solche Sorgen!«

»Sie hat ihr Handy abgeschaltet. Wir erreichen Sie nicht. Die Kollegen vor dem Haus sind benachrichtigt und warten auf uns.«

Josefine Herbst starrte auf die Fahrbahn und fuhr schweigend weiter.

»Was geht in Ihnen vor? Reden Sie doch mit mir!« Friedjof Winter versuchte noch einmal, die angestrengte Stille zu überwinden. »Sie sind schon seit dem Fahrtbeginn in Emden extrem angespannt.«

»Was soll ich Ihnen denn sagen? Ich kann es einfach nicht begreifen. Meine Kollegin ist eine Mörderin? Ich kenne sie seit vielen Jahren und ich habe nichts bemerkt. Was bin ich für ein Mensch? «

»Ein völlig normaler Mensch, würde ich sagen. Wie hätten Sie das denn wissen sollen?«

»Ich bin bei der Kripo. Es ist mein Beruf, in Menschen die dunkle Seite zu erkennen. Ich wusste, dass

251

sie heimlich Therapien gemacht hat, aber das habe ich auf die Erlebnisse im Zuge unserer Arbeit zurückgeführt. Das machen schließlich viele Polizisten, die mit dem hässlichen Alltag unseres Berufs nicht zurechtkommen. Jeder braucht einmal Hilfe. Aber niemals wäre ich auf die Idee gekommen, dass sie derartige Erlebnisse in ihrer Kindheit hatte. Dass sie zur Mörderin werden könnte. Ich habe es übersehen. Das ist völliges Versagen! Inakzeptabel und eine Katastrophe!«

»Sie sind zu streng mit sich! Glauben Sie, ich würde so etwas bei einem meiner Kollegen vermuten? Der Gedanke ist so absurd, dass wir ihn einfach nicht denken können.«

»Frau Janssen tut mir so leid! Was hat sie für eine schicksalshafte Kindheit gehabt.«

»Ja, das hätte ich auch nicht gedacht. Aber von wem können wir uns denn überhaupt so etwas vorstellen?«

»Trotzdem, ich mache mir solche Vorwürfe. Wenn ich sie nicht in diesen Fall einbezogen hätte, würden Markus Naumann und Hermann Veits vielleicht noch leben. Diese Taten hatte sie garantiert nicht geplant. Die sind ihr doch erst in den Kopf gekommen, als wir wegen der Ermittlungen zu Erwin Paulsen in Wybelsum waren. Hätten wir wenigstens nicht dort übernachtet!«

»Ja, okay, das geht dann auf mein Konto. Aber auch ich konnte das nicht wissen. Es ist müßig, darüber nachzudenken, was gewesen wäre wenn. Wir konnten es definitiv nicht verhindern. Was Fehler waren, erkennen wir immer erst im Rückblick. In dem Moment in der Gegenwart ist niemand davor sicher, eine Fehlentscheidung zu treffen. Hören Sie lieber auf, darüber nachzudenken, was Sie hätten verhindern können. Denken Sie lieber daran, was Sie jetzt vielleicht noch retten, wenn wir schnell genug sind.«

Josefine Herbst gab wieder Gas und zog das Tempo an. »Das stimmt! Hoffentlich schaffen wir es noch rechtzeitig.«

Onno de Boer reagierte nicht auf die Bedrohung durch die Waffe und schenkte noch einmal Tee ein. »Haben Sie die irrwitzige Hoffnung, dass meine Kollegen Sie retten könnten?« Juliane Janssen sah den Pastor misstrauisch an. »Wir sitzen hier und trinken Tee, als wenn nichts wäre. Dabei habe ich eine Waffe auf Sie gerichtet.«

»Ich weiß, ich vertraue auf Gott. Er hält alles in seinen Händen. Er wird über mein Schicksal entscheiden.«

»Nein, ich entscheide.«

»Darüber könnten wir jetzt trefflich streiten, die Zeit bleibt uns nicht mehr. Ich wüsste aber noch gerne, ob die Taten Ihnen geholfen haben. Bringen sie Erlösung? Geht es Ihnen besser?«

»Die Begegnung mit Erwin Paulsen hat tatsächlich etwas verändert. Die Geister der Angst wurden etwas ruhiger. Aber erst, als wir die Ermittlungen aufnahmen und ich erfahren musste, dass seine Freunde von allem wussten und trotzdem nichts taten, da ist mir klargeworden, dass die Kinder keine Schuld in sich tragen. Es sind die Erwachsenen. Sie übertragen ihre eigene Hilflosigkeit. Die Kinder bekommen eine Verantwortung für etwas, das nichts mit ihnen zu tun hat. Das Paradoxe ist, in dem Augenblick, wo mir das klar wurde, verlor ich die Schuld, die ich mein ganzes Leben mit mir herumgetragen habe. Aber statt mich zu befreien, lud ich mir eine neue Schuld auf. Vielleicht bin ich gar nicht mehr in der Lage, ohne Schuldgefühle zu leben.«

Sie stand auf, ging um den Tisch herum und stellte sich hinter seinen Stuhl. Dann hob sie die Waffe an seinen Kopf. Onno de Boer atmete schwer. Er sagte nichts und wartete. Sie ließ eine Minute vergehen.

»Die Waffe runter!« Josefine Herbst stand direkt mit gezogener Waffe hinter Juliane Janssen und drückte ihr den Lauf in den Rücken. »Zwingen Sie mich nicht zu schießen, Frau Janssen.«

»Wie wollen Sie das verhindern?«

»Schauen Sie doch einmal, wir haben jemanden mitgebracht.«

»Nane, bitte nicht!« Tobias Schulz stürmte in die Küche.

»Tobi, was machst du hier? Bringen Sie meinen Bruder bitte raus. Er hat doch nichts damit zu tun.«

»Nane, Franzi und ich, wir haben dich so entsetzlich vermisst. Gib uns doch eine Chance.« Tobias Schulz sprach ruhig mit seiner Schwester.

»Legen Sie die Waffe endlich weg!« Friedjof Winter stellte sich, ebenfalls mit gezogener Waffe, auf die andere Seite des Raumes."

Josefine Herbst drängte. »Ich bitte Sie, Frau Janssen, geben Sie auf. Es hat doch keinen Sinn mehr.«

Jule Janssen ließ langsam die Waffe sinken und legte sie auf den Boden. Dann schlug sie die Hände vors Gesicht und weinte. »Tobi, es tut mir alles so leid.«

Langsam ging Tobias Schulz auf seine Schwester zu. Er hatte Tränen in den Augen. Die Geschwister sahen sich an. Jule Janssen senkte den Kopf und Tobias Schulz nahm sie in die Arme.

Fünfzehn Jahre später

Sie waren auf der Autobahn gut durchgekommen und saßen seit einer Stunde im Auto auf dem Parkplatz vor dem mächtigen Frauengefängnis in Vechta. Das Herbstlaub bewegte sich im Wind hin und her. Die Sonne schien. Es war einer der letzten warmen Tage des Jahres.

»Schau mal, Frau Herbst«, sagte Friedjof Winter. »Onno de Boer, der Pastor steht da vorn. Er hat sich trotz der Corona-Krise hierhergewagt. Vielleicht, um sie abzuholen?

»Ja, das habe ich tatsächlich erwartet, mein lieber Herr Winter. Soweit ich weiß, hat er sie auch immer mal wieder im Gefängnis besucht und während des Kontaktverbots hat er ihr auch regelmäßig geschrieben.«

»Ist das immer noch sein schlechtes Gewissen?«

»Das kann ich dir nicht beantworten. Aber ist das nicht egal? Er kümmert sich um sie. Das ist das Wichtigste, finde ich.«

Friedjof Winter zeigte auf die andere Straßenseite. »Ach, schau mal, da kommen ja auch Tobias und Franziska Schulz. Wie schön, dass sie von Menschen abgeholt wird, die ihr nahestehen.«

»Wie schön, dass sie endlich aus diesem Bau wieder herausdarf. Auch wenn es im Moment wegen der

Corona-Krise gerade nicht so toll ist. Das wurde wirklich Zeit. Ich gönne es ihr von ganzem Herzen, denn ich mag sie sehr und ihre Arbeit habe ich geschätzt. Es war einfach ein unglaubliches Drama.«

»Es war das Drama, dass uns zusammenbrachte.« Er schmunzelte, aber Josefine Herbst blieb ernst. »Fünfzehn Jahre, mit Tagen, wo einer dem anderen gleicht. Leben in einer Zelle, die so klein ist, dass einem die Decke auf den Kopf fallen muss. Eingepfercht mit anderen Verbrecherinnen, die man zuvor gejagt hat und die nun Zimmergenossinnen werden. Das ist doch einfach nur schrecklich. Kannst du dir das überhaupt vorstellen?«

»Na ja, fünfzehn Jahre gehen irgendwie auch schnell vorbei.«

»Ja, für uns in der Freiheit fühlt es sich so an. Aber überleg doch mal, in dieser Zeit wurdest du geschieden, wir haben geheiratet, sind drei Mal umgezogen, haben diverse Fälle bearbeitet, diverse Urlaube gemacht, diverse Male gestritten, uns auch diverse Male geliebt, unser Sohn Jannik ist schon zehn Jahre alt und wir sind schon wieder seit fünf Jahren geschieden. Für uns ist wirklich sehr viel passiert.«

»Musst du mich an all das erinnern?«

Jetzt lächelte Josefine Herbst ihn an. »Wir sind doch erst seit unserer Scheidung die besten Freunde, viel bessere Eltern und immer noch Kollegen, die sehr gut zusammenarbeiten. Wir haben alles richtig gemacht.«

»Na ja, wenn du meinst. Ich hätte es mir auch anders vorstellen können.«

»Nein, nein, diese Diskussion ist tabu!«

»Ja, schon gut. Was wird denn nun eigentlich aus Jule Janssen? Was wird sie machen? Zur Polizei kann sie nicht zurück.«

»Ich finde, sie hat dieser unsinnigen Zeit einen guten Sinn gegeben. Sie hat ihre Geschichte im Gefängnis aufgeschrieben und es gibt wohl auch einen Verlag, der sich dafür interessiert. Sie meint, wir brauchen mehr Aufmerksamkeit, mehr Sensibilität, damit es gar nicht erst so weit kommt, wie es ihr passiert ist. Mit ihrem Buch will sie anderen Missbrauchsopfern helfen, das Geschehene besser zu verstehen und die quälende Schuld loszuwerden. Aus ihrer Sicht muss aber auch den pädophilen Männern Hilfe angeboten werden. Das finde ich in ihrer Position eine sehr mutige Haltung und das lässt doch hoffen. Gerade heute, wo immer neue Missbräuche aufgedeckt werden, das Internet voll davon ist und die Diskussion über härtere Strafen geführt wird. Wir brauchen mehr öffentliches Bewusstsein.«

»Entschuldige, du klingst gerade wie Irene. Das habe ich alles schon mal gehört.«

»Ich weiß, auch wir beide schleppen einige Probleme durchs ganze Leben.«

Das schwere Tor des Gefängnisses wurde geöffnet und Jule Janssen trat in die helle Sonne hinaus. Sie blinzelte, blieb kurz stehen, breitete die Arme aus und atmete tief durch. Der Wind zerzauste ihre kurzen Haare. Onno de Boer kam langsam auf sie zu und gab ihr in gebührendem Abstand einen riesigen Blumenstrauß. Sie lächelte dankbar. Danach nahmen ihre Geschwister sie in den Arm. Die Gesichter sahen fröhlich aus. Sie plauderten und lachten. Es wirkte fast so, als würde sie nach einem längeren Urlaub am Flughafen in Empfang genommen werden.

Friedjof Winter überlegte. »Es sind Verwandte, sie dürfen sich umarmen, trotz Corona. Ich denke aber, wir beide werden hier heute nicht gebraucht. Was meinst du, Schatz?«

»Stimmt, das sieht ganz danach aus. Wir lassen sie besser in Ruhe. Ich kann mich einfach in den nächsten Tagen bei ihr melden. Weißt du, es soll ja auch bei schwierigen Fällen neuerdings möglich sein, zivile Unterstützerinnen einzusetzen, oder?«

Er lachte laut auf und schlug sich auf die Schenkel. »Ich wusste es! Das war klar. So hast du das geplant. «

»Genau! Der nächste schwierige Fall kommt doch ganz bestimmt!«

Danksagung

Ein Buch entsteht aus einem tiefen Bedürfnis etwas mitzuteilen. Gedanken, die einen beschäftigen und umtreiben, in eine Geschichte zu verwandeln, die, im besten Falle, andere Menschen berührt und erreicht. Aber der Wunsch alleine, macht es nicht möglich. Es braucht Zeit, Recherche und Phantasie. Viele Jahre habe ich mit dem Gedanken gespielt, mich dieser Herausforderung zu stellen, aber erst die Pause durch die Corona-Pandemie hat für mich den Freiraum geschaffen, mein erstes Buch tatsächlich zu schreiben.

Vom Manuskript bis zum fertigen Buch sind viele Korrekturen nötig. Dabei geht es nicht nur um Rechtschreibung und Grammatik. Auch die Form, die Plausibilität, der Ausdruck und der rote Faden müssen überprüft werden. Das kann die Autorin selbst nur bedingt bewältigen. Deshalb habe ich an dieser Stelle Menschen aus meinem Umfeld gebeten, mich zu unterstützen. Die technischen Voraussetzungen zur Erstellung eines Buches mit Hilfe eines Schreibprogramms hätte ich ohne Albert Meyer niemals bewältigen können. Die ersten Leserinnen Laura Mertins, Renate Kramer und Kathryn Berendes haben mir mit ihrem Feedback zum Inhalt wichtige Hinweise geliefert. Hero-Georg und Inge Boomgaarden lieferten mit ihrer Kenntnis über verwaltungstechnische, rechtliche und polizeiliche Fakten wichtige Hintergründe für das

Buch. Rieka Bente hat zweimal das Buch komplett akribisch durchgearbeitet, den Ausdruck korrigiert, viele Leerschritte, fehlende Punkte und falsche Kommata gefunden, die mir garantiert nicht mehr aufgefallen wären. Diese viele Arbeit, die meine Freundinnen und Freunde für mich geleistet haben, ist unbezahlbar. Ich danke Euch von ganzem Herzen! Wir werden es, sobald Corona es zulässt, gemeinsam feiern. Versprochen!

Christine Becker-Schmidt